JN045222

クオン インタビューシリーズ 02

韓国の小説家たち II

目次

本書は、韓国の文芸誌『Axt（アクスト）』（ウネンナム、隔月
発行）に掲載されたカバーストーリーのうち、邦訳作品が刊行
されている小説家５人のロングインタビューを収録したもの
である。

あまりにも小説の未来、
キム・グミの心

キム・グミ

文 ペク・カフム　写真 ペク・タフム

ペク・カフム（以下、ペク） カフェで小説を書いていると聞きました。

グミ（以下、グミ） カフェだと寝るわけにいかないので、よく行きます。家にいるとダラけてしまうので。

ペク そんなに長居できなくありませんか。

グミ カフェには1日3、4時間ぐらいます。仕事をするためでもあるけれど、たくさんの人の中にまぎれている感じが好きなので。そういう感覚が文章を書かせてくれるんです。

　　　中は暗かった。電気がついていないアトリエを一歩ずつ進んでいたら、なにかに足をとられてしまった。思わず声を上げると、大丈夫、深くないから、とセシリアが声をかけてくれた。そこには穴があった。足を抜いてみると、膝まで消石灰が付いていた。
　「これ、なに？」
　「作品よ」
　　こんな穴も作品になるのか（略）。

　　　　　　　「セシリア」（『あまりにも真昼の恋愛』に収録、108頁）

ペク グミさんの作品が発表されるたびに読んできましたが、あなたの小説の主人公は、ほとんどの場合が人ではなく、都市とか町とか路地みたいに思える。読んでいると、グミさんが描いた空間で一緒に暮らし、年を重ねている感じがします。

グミ 私は釜山生まれの仁川育ちです。大人になってから気づいたんですが、釜山と仁川で暮らしていた町の風景が、偶然にも似ているんですよね。父の育った場所と私の育った場所が似ているというのは、父が、釜山でも仁川でも工場地

帯で働く人だったということを意味します。住んでいたのは
郊外でした。いまは青羅国際新都市といわれているところ
で、かつての仁川の中心地でもなく、工場地帯の広がりにあ
わせて住宅が必要になったため、山を崩し塩田を埋め立てて
造った、いわゆるニュータウンでした。私の記憶の中ではい
つも工事が行われているんです。山が削られ、どんどんビル
が建てられる。商業ビルなんか、完成しないまま工事が中断
しているところもありました。下水道もちゃんと整備されて
いなかった。

ペク 町が老いていくと言ったらいいんでしょうかね。そこ
に住んでいた人たちはさまざまなことを忘れてしまっても、
人間を受け入れていた空間にはすべてが記憶されている。

グミ 小説を書くとき、こういうことがしたいとかいろんな
欲が出てきますが、特に私の場合、空間をきちんと描きたい
という気持ちがあります。たとえば一枚の写真のような、あ
る特定の場面から物語の着想を得ているからかもしれません。

あまりにも小説の未来、キム・グミの心

キム・グミ

『あまりにも真昼の恋愛』
（キム・グミ著、すんみ訳、
晶文社）

ペク だからかもしれませんが、ユン・ソンヒの小説とどこか似ているような気がしました。もちろん違うんですけど、通じるところがある。

グミ 彼女の小説は、昔から好きです。朝刊をめくって彼女のデビュー作「レゴでつくった家」を読んだ記憶は、いまでもはっきり残っています。1999年、大学2年のときですね。それ以降、小説が書けなくなると、ユン・ソンヒの小説をよく読みました。彼女の文体には先へ先へと読ませる力があって、心が疲れたときに読むと元気をもらえます。

ペク 小説はいつから書きはじめたんですか。何がキム・グミを小説家にしたんでしょう。

グミ 私にとって書くことと読むことは、幼いころから特別な意味を持つ行為だったんです。そこには、ある種の答えがあった。私を見つめてくれるまなざしがあり、私が生み出せる世界があって、読むこと、書くことだけが人生で唯一続けてこられたことなのです。飽きっぽいタイプなので。

ペク 小説は成長したあとの物語が主ですが、小さいころはどんな子どもでしたか。

グミ 子ども時代はあまり楽しくなくて。私って、いまがいちばん明るいんです。小さいときや十代のころを振り返ってみると、私はいつも一人でした。両親が共働きだったからいつも家で留守番をしてて、その時間を耐えなければいけなかった。いまこうやってあのころを振り返ってみると、不安で、退屈で、怖くて、寂しかったんだと思います。父と母は忙しくて、幼い私にていねいに向き合う余裕がありませんでした。仕方ないですよね。よく早熟だと言われましたけど、思えば、ある種の落胆やあきらめがあったんだと思います。

自分が何かを欲しても、必要としていても、大人は耳を傾けてくれないだろうと。

ペク　なるほど。それはグミさんの小説の大事なポイントなんだろうな。

グミ　ですが、18歳ぐらいから変わったような気がします。大学に入って、変化を期待できるようになった。

ペク　どんな大学時代だったんですか。

グミ　入学前から大学生活をとても楽しみにしていました。大学に行けば、思うぞんぶん書けると思っていたから。そう思って国文科に入ったのに、国文科というのはそもそも文章をあまり書かないところなんだと、入ってから知りました。

ペク　大学に入ったら小説を書こうと思っていたんですか。

グミ　子どものころからもの書きになるのが夢だったので。

ペク　そう思うようになったきっかけはありますか。

グミ　そういう質問に対してよく話すのは、子どものころに作文コンクールで賞を取ったことです。動機って、だいたいそんな感じですよね。昔は一人遊びの選択肢があんまりなかったんです。私は数少ない選択肢の中で、本を読むことが好きでした。ごはんを食べながらも本を読んでいましたし。本格的に読みはじめたのは10代で、主に韓国の女性作家の小説を読んでいましたね。中学生のときは、梁貴子が好きでした。『ウォンミドンの人々』（崔真碩訳、新幹社）が好きで、『希望』という長編小説も印象に残っています。本を読んだあとに感想文を書いたりもしました。シン・ギョンスク（申京淑）とウン・ヒギョン（殷熙耕）の作品も好きでした。

ペク　人生のターニングポイントはいつですか。

グミ　初めての本が出たあと、かな。

ペク　何が大きく変わったんでしょうか。

グミ　あまりにも憂うつだったんですよね、人生が。それ以来、さまざまなことが変わりました。本が出たのは 2014 年 3 月末で、その半月後にセウォル号事件＊が起きたので、その影響もあったかとは思うんですけど、本を出版した喜びよりも、挫折、怒り、喪失感を強く感じた。またどん底からやり直さなければいけないような気がして。1 冊だけ本を出そう、1 冊だけ、と思って 5 年かけて出したのに、本にしてみるとそれが目的地ではないことに気づいてしまった。すべて一から始めなければいけないという虚脱感に襲われました。

ペク　それをどうやって克服したんですか。

グミ　克服できませんでした。

ペク　どうして？

グミ　まだ、あのときの心の質感が残っているんですよね。いまでも書くことへの挫折と虚無は感じていて、少し大げさに言うと、まだ何ひとつやり遂げていないという虚脱感によく襲われるんです。2014 年にペクさんがハンギョレ Webzine の原稿を頼んでくれましたよね。電話でペクさんに「本が出ても執筆の依頼が来ない」と漏らしたら、本を出して 6 か月間ぐらいは依頼がないのが普通だよと言われて、そうなんだ、と。「ああ、本が出たら逆にしばらくは依頼が来ないんだ」って。でも不思議なことに、Webzine に「趙衆均氏の世界」＊を発表したあとから依頼が来るようになりました。

ペク　小説家は作品を書きながら前に進むのが大事なんだと思う。ほかの小説家もみんな同じだと思いますが、本を出すといつもそのくり返しなのに、毎回忘れてしまうんですよね。で、毎回同じように憂うつな気分に襲われる。いまはその憂

うつ感が楽しみなくらい。

グミ　次はどこまでみじめになれるか、知りたい気もする（笑）。でもくり返せばマシになるのかな。マシになっている気がしたりしなかったりで。

ペク　その憂うつな時間がまた新しいものを書かせてくれるのかなって気もします。ウン・ヒギョンさんに言われたことがいちばん心に残っています。時間を重ねてもマシにはならない。もっと深くなるし、広がって、長くなる。だから、憂うつってどうにかして乗り越えようとする相手じゃない。うまい楽しみ方を見つけなきゃならないんだ、と。小説家の宿命みたいなものかもしれません。

グミ　だったらもっと深い憂うつを味わっていいから、もっといい小説が書けるようになりたい。

ペク　『愛しのメギ』を読んでそう感じましたけどね。

グミ　そう言われるとうれしいし、励みになります。

ペク　憂うつな気分も、もの書きには一つの原動力かも。ふだんの生活はどんな感じですか。

グミ　規則正しい方だと思います。朝8時に起きて、準備をして、小説を書きに出かける。私はだいたい明るい時間に小説を書きます。家に帰ったら寝る。夜12時までにはベッ

* 2014年4月、大型旅客船「セウォル号」が全羅南道（チョルラナムド）珍島（チンド）沖で沈没し、修学旅行中の高校生を含む304人が犠牲となった

* 『あまりにも真昼の恋愛』に収録されている短編。出版社で見習いとして働くヨンジュとヘランはある日、同じ仕事のメンバーである趙衆均氏から、学生運動にかかわっていた当時のことを聞かされる。社内では窓際族にすぎない趙衆均氏にも思想や譲れないものがあったことを知ったヨンジュ。その後間もなく怠慢などを理由に解雇された趙衆均氏と彼らの「過ぎ去った世界」に思いを馳せつつも、再び目の前の生活に埋没していく

あまりにも小説の未来、キム・グミの心

ドに入ります。でないと次の日に同じルーティーンをこなせ
ないので。

ペク　羨ましいなあ。

グミ　ペクさんは大学の講義があるから、昼間には書けない
ですよね。

ペク　そうですね。でも僕もそれなりに規則正しい生活を
送ってる。以前、パスカル・キニャール＊にある質問をした
ら、その答えがとても印象的だったので、同じ質問をグミさ
んにも。一日の流れを詳しく描写してみてもらえますか。

グミ　朝、目が覚めたら、まずはインスタグラムを確認しま
す（笑）。シャワーを浴びて、朝食は絶対抜かない。そのあ
と出かける準備をするんですけど、最近はどんなに頑張って
も家を出るのが10時を回っちゃって。そうするともう、朝
からいきなりうろたえる。午前中の方がよく書けるから、そ
の時間を無駄にしたくないといつも焦っています。車でい
つものスターバックスに駆け付けて（笑）。私の仕事場です。
午前中はそこで書いて、場所を変えてごはんを食べたあと、
午後からまた書きます。でも、なぜか同じカフェでは仕事が
できないので、どこに行こうって少し考えて、家の近くに行
くこともあれば、ちょっと遠くまで出かけることもあります。
だから、午後の仕事場はコロコロ変わる（笑）。

ペク　いま住んでいるのは、仁川？

グミ　そうですね。東仁川です。

ペク　東仁川は仁川の旧都心ですよね。ずっと仁川に住み続

キム・グミ

＊　フランスの小説家。1948〜。さまざまなジャンルの境界を横断する独自の作風
で人気を得ている

けている理由は？　引っ越そうと思ったことはないんですか。

グミ　つい最近引っ越そうと思ったことがありました。ほぼ本決まりだったんですけど、もう一度悩んでみることにした。モノすらなかなか捨てられないタイプなので、長年暮らしてきた場所を離れるのは難しそうです。でもだからこそ一度はやってみるべきだろうとも思う。空間に影響されやすい方なので、住む場所を変えれば小説の方向性もまた変わってくるのではないかという期待感があります。さっきの話に戻すと、家に帰ったら夕飯を食べて、ほとんどゴロゴロしています。小説を書くのはたいへんな作業ですから、そのくらいになると、もう体力が残っていない（笑）。

ペク　歩くのは好きな方？　お気に入りの道があれば教えてください。

グミ　車で移動する方が好きですね（笑）。作品の主人公はよく散歩をするけど、私の場合移動は車だし、誰かが一緒のとき、だいたい友だちに誘われたときですけど、それ以外はあまり歩きません。

ペク　東仁川にはどれぐらい住んでいるんですか。けっこう長い？

グミ　いえ、住んだのは西区の方が長いですね。でも子どものころ、東仁川が賑わっていたときからよく出かけていたからなじみはあります。東仁川は古い建物が多くて、停滞や衰退を感じる場所です。私は 100 年も前にできた映画館や郵便局で、映画を観たり手紙を出したりして暮らしているわけです（笑）。もともと住んでいた人はみんなニュータウンに引っ越してしまったし、通りを往来する人もまばらです。もちろん週末には観光客がやってくるけど、彼らはそこに、よ

そにはもう存在しない過去の痕跡を見たがっている。

ペク 小説に描かれたそういう町の風景がとても美しく感じられました。貧しくて古びた風景が美しいと。小説を書くときに絶対に守るルーティーンワークみたいなものはありますか。それをやらないと不安になるような。

グミ 締め切りが迫ると書くこと以外何もしなくなります。日常的なこまごましたこと、たとえば作業に取りかかる前にちょっと銀行に寄って、みたいなこともしない。朝目が覚めると、出かけて小説を書く、それだけ。

ペク 気づいたら何かやってたってこともない？

グミ 締め切りが近づくといろんなことに敏感になって、日常すべてが脅威に思えます。ひどいと母からの連絡や宅配の荷物さえ負担になって、できるだけ避けようとする。何もしようとしないのは問題だとは思っています。何もそこまで、と思うんですけど、でも、かすかな隙間から何かが入ってくるような気配を感じる、ただそれだけで小説が書けない気がしてどうしようもないんです。

ペク 書くときの癖は？

グミ やたらプリントアウトをすること？　書いたら必ずプリントアウトする。パソコンを信じません。そのうえメールでも送っておく。原稿が消えるのが怖いので。あと、どこかに出かけるときも、原稿を見る時間なんてないはずなのに執筆中の小説をプリントしたものを持ち歩きます。ジンクスみたいなもので、持っていると心が落ち着きます。

ペク 実際に原稿が消えたこともありますか。

グミ 上書保存をしくじって、少し内容が消えたことはありますが、派手になくなったことはありません。だけどいつ

も用心しています。単語を一つ、二つ変えただけでも、プリントアウトし直した方が安心できる。執着、偏執みたいなものですね。自分でも、なぜそこまでするのかわかりません。

ペク　いい習慣に思えるけど。

グミ　でも、外で作業しているときはちょっと不便なんですよ。プリントアウトができないから。

ペク　僕もそのせいで仕事を中断して家に帰ることが多いな。

グミ　そうそう。そうなるとイライラしますよね。それでモバイルプリンターを探してみたんですけど、車に積んでおかないといけなくて、持ち歩けるようなものはなかった。どうしてそういうのは作ってくれないんだろう。

ペク　ほかの人には些細で日常的に映るルーティーンワークが、ものを書く人間にはとても大切なことってあるよね。僕の場合、最近は違うけど、前だと冬場は「カルカリ」という軍隊支給の防寒着、夏は白いランニングなしでは小説が書けなかった（笑）。

グミ　（笑）。誰でもそういうものを一つや二つは持っていると思います。

ペク　主にカフェで小説を書いているという話でしたが、「あなたの国で」＊のように、そこで書く材料が見つかるということもありますか。

グミ　ありますね。カフェが舞台の小説もあるし、3冊目の短編集＊に入る小説にもカフェが出てきます。でも読み返すと特定のカフェだというのがバレる気がしたので、変えよ

＊　『センチメンタルも毎日だと』（チャンビ、2014）に収録
＊　『たった一人のもの』（文学トンネ、2019年8月）

うかなと。書けなくなると駆け付ける場所なので、自分だけの空間にしておきたくて。

ペク とても効率のいい方法ですね。小説を書く空間が題材にもなるなんて。

グミ 人の多いところにいるのが好きなんです。誰も私に話しかけてこないけれど、人の気配を感じられるのが好きで。物音が聞こえないと小説が書けない。いつも音楽を聴きながら作業しているし、静かなカフェにはあまり行きません。行くのはいつもうるさいところばかりです。

ペク 歳を取り、時間を重ねるにつれて、自分の意思とは関係なくさまざまな関係の中に置かれるようになります。読者にとっての作家、誰かの娘、そして誰かの妻、というふうに。それらの関係をすべて取りはらったときに残っていてほしいと、キム・グミが熱望するものは？

グミ さっき質問リストを見てすてきな問いだな、と思いました。うまく答えられるかどうかわからないけど、この質問をされただけで何かから解放される気がします。ときどき、すべてから逃れたくなる。小説家として人の前に立つのはまだ難しいし、家族や友だち、同僚という関係もそう。ただ、すべてを断ち切ることがいいことかどうかは、自信が持てなくて。私には自己破壊的な部分が多くて、もしさまざまな関係がなかったら、自分を真っ先にあきらめてしまうんだろうと思います。関係が私を苦しめるけれど、一方で私を支えてくれる力にもなる。で、考えてみたんですけど、関係が取りはらわれたとき、キム・グミは関係を熱望すると思います。少し妙に聞こえるかもしれないけど。多分それでいつも気持ちが揺れ動いているんだろうな。誰かに隣にいてほしい

と思っていたのに、重く感じるとすぐしんどくなってしまう。
たとえば、昔は SNS に個人としての話を書いていたんです。
自分はただの一個人としていられたから。でも、いまは少し
ためらってしまいます。

ペク　SNS は役に立っている？

グミ　締め切り前で一人になったときは役に立つ。でも最近
はそうでもないかな。SNS をするときは一個人としてやり
たいのだけど、あるときから、完全に一個人としてはやれな
くなって、やや人の目を気にするようになりました。

ペク　僕はずっと前に全部やめました。

グミ　よかったこと、ありました？

ペク　まず、携帯をあまり見なくなった。

グミ　それはとてもいいな。でも、寂しくない？

ペク　むしろSNSをよくやっていたときの方が寂しかった気がする。関係というものが虚しく感じられたりもして。でも、ときどきインスタグラムはやっています。BTSとTWICEが見たいから（笑）。小説書くとき以外だと、何をしているときがいちばん楽しいですか。

グミ　ショッピングかな。インタビューでこんなこと言って大丈夫ですかね。

ペク　もちろん。よく買うものは？

グミ　最近はシャンプーとか顔パックとかをよく買っています。髪を染めてパーマをかけたら髪がけっこういたんでしまって。

ペク　僕は、もの書きには、自分で自分にご褒美を与えることが大事だと思うタイプです。

グミ　言い訳みたいですが、うつのカウンセリングで「自分にどんなご褒美を与えましたか」という質問をいちばんよく受けるんです。これとこれを買いました、と言うとお医者さんは褒めてくれる。子どものころから何かを消費することへの強い抑制や非難が内在化してしまっていたんですけど、それを取りはらっていくプロセスでもあると思います。どんな理由であれ、自分で自分を非難することは、止めなければいけません。

ペク　先輩の作家からこう言われたことがあります。小説を売って稼いだお金は、自分のために使えと。

「私って、いまがいちばん明るいんです」
──2019.04

ペク　僕は、短編集『センチメンタルも毎日だと』がとても好きなんです。その理由をじっくり考えてみたんですけど、書き手が書かずにはいられなかった物語が書かれている。そんな感じが良かったんだと思います。

グミ　読者からあの本にサインを頼まれると恥ずかしくなるんですよ。読まないでほしいな、と思ったこともあるぐらい。あまりに自分の話すぎて、私のことを隅々まで看破されてしまったらどうしようと不安になってしまう。『センチメンタルも毎日だと』に収録された小説を書いていたときは、作家としての自覚をあまり持つことができなかったんです。2冊目のときは、物語を書く、ということをかなり意識していましたが、『センチメンタルも毎日だと』を書いていたときを思い返すと、あんまりそういう記憶がなくて。

ペク　読者にとってはうれしいことかもしれないけどな。

グミ　そうかな。

キム・ソヘ＊　うれしいですよ。読者としてはペクさんの言葉にすごく共感します。読者ってある作家が好きになるとその作家の作品を全部読むんですけど、特に初期のものを読むときは妙な愛情が芽生えてくるんです。読めば読むほど好きになる。私も、グミさんの初期作品がとても好きですね。

グミ　そう言ってもらえると救われる気がします。でもやっ

＊　『Axt』の編集者

ぱりちょっと恥ずかしい。あの本の表紙は、女性が顔の半分を隠しているイラストですが、私もちょうどそんな気分です（笑）。

ペク　どうして恥ずかしいかな？　自分を見られてしまった感じだから？

グミ　未熟な部分が目につくので。もちろん好きな作品もあって、「あなたの国で」がそう。でも、あれも不十分でプロフェッショナルな感じがない。洗練さに欠けている。そう思ってしまうんですよね。

ペク　プロフェッショナルな感じというのは？

グミ　簡単に言うと、自分自身のことは小説の中にもっとうまく隠さなければいけないけれど、あの小説では自分の気持ちがストレートに出すぎてしまっています。書き手の自分にこだわりすぎてしまったという気がします。

ペク　僕の意見はちょっと違うな。よくできていると思うけど。

グミ　ありがとうございます。でも、そう思ってしまうのには理由があって。デビューして２年ぐらいは、仕事の依頼が来ませんでした。デビューの年に短編を四つ書いたけれど、もうだめだ、と思った。書いたのがだめだから、２年間依頼がないんだろうと。そういう時期に書いた作品も収録されているので、余計に自信が持てないのかもしれません。いま思えば依頼が来なかったのは、ほかの理由もあったかもしれないのに、私は自分を責めてばかりいたんです。下手だからだと。そういうつらい時期でした。ずっと自分を責めて、罵っていたから。自分の中に「私には才能がないんだ」と言い聞かせる自分がいて。自分の傷跡に触れているような気持ちに

なる作品なんです。

ペク　さっきちょっとだけ話が出たけど、この短編集は舞台となる都市や町の方が主人公になっていて、まあまあうまくやってきた僕らの姿が一つの歴史として描かれているような気がするんです。

グミ　デビュー後にある文芸誌から小説を依頼されましたが、小説家にはなったものの、どうやって作品を書けばいいかわかりませんでした。何とか書き終えて編集者に送ったら、突き返されてしまって。違うものを送ってくれ、と言われてショックでした。物語として完結していると思って送ったのに、いまのままでは物足りないから載せられないという返事でした。いま思えば確かに問題があるにはあったんですけどね。とにかく、書きためておいたものがないから、この原稿を何とか修正して完成させなきゃ、と思いました。しかも15日で完成させなければいけなくて、自分が経験した具体的な話をベースに盛り込むことにしました。何とか無事締め切りに間に合ったけど、ショックは薄れなかった。「自分はプロフェッショナルじゃない」と思ってばかりいました。そして「技術が今イチなら、せめて正直に書こう」と思った。自分が自信の持てる話を書けば、ほかの人が読みたい作品ではないかもしれないけれど、少なくとも自分には意味があるはずだから。ここという空間と、ここにいる人たちを書きとめる記録者として誠実に向き合うことが、いまの自分にできる最善だと思いました。

ペク　一人前のもの書きになるまでの成長秘話に聞こえますね。小説の書き方はどうやって覚えたんですか。独学？

グミ　国文科の小説サークルに所属していました。創作だけ

でなく、学生運動をしていた先輩たちの名残で、時間の半分は文学・歴史・哲学の勉強に割くような、すごくゆるい集まりだった。会社員のころは書けませんでした。そのうちに小説を書くのがどんどん後回しになって、その時間が私には修行だった（笑）。

ペク　会社ではどんな仕事を？

グミ　出版社で編集者として働いていました。自分で書きたいからと会社に辞表を出して、運よくすぐにデビューが決まった。完成した習作がまったくない状態でのデビューだったので、パニックになりました。

ペク　グミさんの小説の登場人物は、とっくに忘れたと思っていた些細な記憶がいまだに自分の中で消えずにいることに気づかされる。ときにその記憶は、昔から変わることのない家、町、路地と結びつけられているんですよね。たった一度の出来事だったのに、そのときの感情はそこに残り続けている。消えない足跡みたいに。

グミ　最近、自分で自分をかわいそうだなと思うことの一つに、もう忘れてもいい記憶にしがみついて、なかなか忘れられずにいるということがあります。しかも、あまりに生々しい記憶なので、突然遠い昔に連れ戻されたみたいになるんです。『センチメンタルも毎日だと』では、主に幼年時代と10代のころの風景を描いています。作家に大きな影響を残す時期があるとすれば、私にとってそれは、仁川の郊外に住んでいた時期です。それなりの年齢になって見舞われる決定的な出来事には、それなりの理由があるのだけれど、あの時代はすべてが突然で、脈絡がありませんでした。心に何らかの力が加わって残る何かが記憶なら、すごく原始的な衝撃が加

わっているように思える。いまはもう存在しない場所と人に
ついても、そのときの感情と記憶だけははっきりと残ってい
る。だけどずっと深くたどっていったところで、確かめられ
るのは喪失感だけではないかと思うこともあります。

ペク　結局、まともに残っているものはない。その感覚は、
都市の風景とも非常に重なる気がしますね。すべてが消滅し
ていく感じ。

グミ　古い街が再開発によって失われると知っても、それを
引き止める力は私たちにはありません。資本の力に個人は勝
てない。部分的に成功を収めることはあるかもしれないけど、
結局は負けるんだろうということぐらいは、都市に住む人間
なら誰もが知っています。フィクションに価値を見出せな
い人には意味のないことだろうけれど、フィクションを読
む人には、そういった敗北のプロセスの中で起きる、なかっ
たことにできない複雑な気持ちや内面があるということを
伝えたい。

ペク　端的に言って、小説とはどういうものだと思う？

グミ　難しい質問なのでパスできるならそうしたいんですけ
ど、『センチメンタルも毎日だと』に書いたあとがきの言葉を
借りるなら、「電話をかけ続けること」だと思います。相手
が出る可能性がゼロに近いとしても、誰かが出てくれるとい
う確信を持ってかけ続けること。電話がつながったらしたい
話を、頭だけでなく心で、全身で、温め続けているのが小説
家ではないか。電話の相手は作家によって、そのときの作品
によって違うだろうけど、受け手がまったくいないとしたら、
こんな孤独な作業を続けることは不可能だろうと思います。

ペク　グミさんのほとんどの作品で、誰かが死にますよね。

人間はフェイドアウトしていくけど、都市はたとえ古びても依然として存在する。そんなふうにして僕らの人生は続いていく。そんなことを伝えているような印象を受けました。

グミ　誰かが作中で死んでいくというより、死んでいる状態で話が始まります。必ず喪失感を抱いている誰かがいて、その喪失をどう埋めていこうかと考える。個人的にもいろんな感情の中で喪失感にいちばん脅威を感じます。

ペク　そういう実体験が多いんですか？　「子どもたち」「チャイニーズ・ウィスパー」「家に帰ってくる夜」「センチメンタルも毎日では」「どうして我が家に？」＊など、ほとんどの作品が死に向かう人か、すでに死んでいる人への記憶を呼び起こすものですが、私たちの隣にある死は、人生にどう関係するんだろう。

グミ　誰かを失う経験は誰にでもあると思います。失恋したり。子どものころのことですけど、祖母が悲劇的な選択をし

＊　　いずれも『センチメンタルも毎日だと』に収録

て亡くなりました。長い間闘病し、自ら死を選んだのです。それ以来、私たち家族はみんな不幸から抜け出せないんだろうな、と思い込むようになって。家族一人ひとりが抱えている罪悪感のせいでね。それに私は子どもだったから、死がさらに大きな恐怖として迫ってきた。祖母に復讐されるかもしれないと想像して怯えていました。大人になって、イギリス旅行中のことでした。いかにも観光客らしくたくさん買い物をして、バスに乗ってロータリーのような道を抜けて、公園を横切っていたんですけど、バスが揺れて体がよろめいた瞬間、ハッとこんなことを思ったんです。「はたしてそうだったの？　お祖母ちゃんは私たちが不幸になることを願っていたの？」。実際どうだったかを知る術はないけれど、自分が死を選択したあとに残される家族にそんなことは思わないだろうから、祖母の思いは違ったかもしれない、とようやく考えられるようになって。これまでの、実体のない思いや想像の中にあった祖母の死が、ようやく現実のものとなりました。そして、涙をたくさん流した記憶があります。小説家になったあともその問題はずっと自分の中に残っていて、いろんな作品に姿を変えて現れている。最近書いた「弔問」＊という短編でもそのことを扱いました。葬儀場で目撃した大人たちの暴力性。急いでその死の始末をつけて、また散り散りになっていくきょうだいの様子。そういったことを小説に描きました。

ペク　お祖母さんの復讐というのは、いい意味で正しかったかもしれませんね。こうして小説を書くことになっているし

＊　『たった一人のもの』（文学トンネ、2019）に収録

あまりにも小説の未来、キム・グミの心

（笑）。

グミ　なんでこんな仕打ちを（笑）。

ペク　そういった記憶を抱えた人物が、結局はその記憶にすがりながら生き続けている、というのが、キム・グミの小説の核心だと思う。小説を書くモチベーションについて教えてもらえますか。いつ、何が、どんなふうに、あなたを刺激するのか。

グミ　変な話ですけど、いつも怒りに駆られて小説を書きはじめることになるんです。いわゆる「ムカつく」ことを思い出して、怒りがこみあげてきて、その怒りを赤裸々に語ろうと思う。あのときあの人があんなことをしてすごく嫌だったとか、あの人があんなふうに言ったのは偽善だとか、間違っているとか、何が間違っていたのか教えてやろうとか。でも、そういう気持ちだけで小説を展開させることは難しいんです。単純な感情では何もまともに解釈できない。それで悩んでいると、少しずつ違う角度が見えてきて、怒りがほかの感情と入れ替わることになる。たいがいは悲しみのようなものに変わります。そのせいか、いつも最初の方でつまずいてしまう。

ペク　みんなそうだと思うよ。

グミ　最初の部分はかなり削ることが多いですね。柔軟になれずに、かなり硬直した気持ちで書いていることに自分で気づいてしまうので。ある種の攻撃性に衝かれて書いているというか。それで、書いたり消したりをくり返しているうちに個人的な闘志がだんだん弱まっていって、文章が進み、最終的には私が思ってもいなかった方向に向かっていく。私の攻撃性はことごとく失敗を続けています。

ペク　小説的には成功している。

キム・グミ

グミ 小説を終わらせるときは、個人的な理由だった怒りが、小さな火花ぐらいになっています。

ペク 『センチメンタルも毎日だと』を読むと、父親から聞かされる話や父親の話が小説の背景や小説を書く動機になっているように感じる。時代的な意図はありますか。

グミ 家父長制のもとで、父親という存在は家族関係においてだけでなく、社会全般でさまざまな葛藤を巻き起こしています。就職して社会に出ると、実にさまざまな種類の家長が私を待ち受けていて。そういう状況で若い世代が選択し得ること、それを乗り越える様子などを描いてみたいと。また、できるだけ家父長的な対象と自分たちとの違いを明確に認識したうえで、少しは違う方向に進めるようになってほしいと願っています。そういう意味では、父親は重要な背景であり、また基準点となる存在ですね。

ペク 家長が衰退していく様子をイメージできるサンプルは少ない。だから、グミさんの小説を読んで「冷たさ」を感じることもある。ただ、そこがかえって新しいと思うんです。

グミ 私の父は少し変わったところがあります。家父長的でもあるけれど、そうでないところも多かった。まずは家事に一生懸命でした。共働きだから、家事を分担するのは当然ではあるけれど、当時の家長はその当たり前なことを拒んでいたから。そういう意味で父はちょっと変わっていましたね。それに、同世代の人たちは息子を当たり前のように欲しがっていたのに、父はそうではなかった。そもそも子どもを欲しがらなかった。姉が生まれたあと、もう子どもは欲しくないと言っていたそうです。

ペク それを聞くと、娘の視線が冷たかったんじゃなくて、

お父さんが相当冷たいように思える（笑）。

グミ　かなりの実用主義者だと思います。都会人の要素をたくさん持っていた。

ペク　小説で見られるその距離感、つまり、自己憐憫（れんびん）におぼれないところが良かったです。

グミ　父親たちはいつも彼らなりに合理性という基準、言いかえると都会的な趣向をもとにいろんな選択を下している。そんな彼らの行動に納得できたから、無理してかばおうとしなくてよかったんです。新しい世代としての私はそう思いました。小説では、韓国社会によくいる父親の様子を切り取って描いたわけで、じゃあ私の父がそうだったかというと違います。

ペク　小説では、古びた都市と「老いた父」が重なっているようにも思えますが。

グミ　父は、若さ、誠実さといったものをすべて「労働」と「生産」に捧げていました。釜山から仁川に移ってずっと暮らしてきたけど、事業が失敗し、父の努力がまともに報われなかったという感じがある。作家になってからもずっとそんな父の姿を目にしてきたから、父を黄昏の人として描くことになったのではないかと思います。

ペク　町の風景の方がさびれている感じがする。廃墟ではないけれど、現在進行形でもないような。

グミ　その通りですね。どこも一緒だとは思うんですけど、仁川には全盛期を経て衰退の道をたどっている場所が多くて。母校があった「越南村」を背景に書いた話もそうだし。「越南村」はベトナムから帰ってきた人たち、戦争でお金をいっぱい稼いだ人たちが豪邸を建てて住んでいた地区でした。

ペク　「子どもたち」と「どうして我が家に？」なんかに出てくる母親たちは、ものすごく生活力のある女性として描かれてますね。

グミ　うちの母は農村出身です。だから父よりもう少し田舎者っぽいところがあって。人づきあいがいいところとか。父は、うちによその人が来るのをいちばん嫌がっていたんですが、母は違いました。小説を読んで母親に生活力があると感じたとしたら、その強さは農村的なものから来ているのだと思います。

ペク　ここに出てくる母親は、お母さんの実話の部分もありますか。

グミ　父親と違って母親の場合、母の話をそのまま借りてきた部分が多いですね。故郷での友だちとの思い出とか、田舎

が嫌で都会に出てきて工場で働いていたときの話とか、働いている自分への矜持とかは母から聞いた話です。

ペク　デビュー前の小説はどんなものだったか気になるなあ。小説を書こうと思ったのはいつから？

グミ　小さいころから文章を書く人になりたいと思っていましたが、はっきり決心したのは会社に辞表を提出した瞬間でした。作家になるために何かしようと明確な行動を取ったのは、あのときが初めてでしたね。

ペク　怖くなかった？

グミ　あのころは体調が悪かったんです。残業が多くてたいへんだったというのもありましたが、自分がやりたいことからどんどん遠ざかっているという気がして、体のいろんなところが悲鳴を上げていた。どんどんうつっぽくなっていって。それで辞表を出しましたが、作家になって余計うつになりましたね（笑）。考えてみると、本物のうつの沼にのみ込まれたんだろうな、会社を辞めた当時はむしろ元気だったのではないか、と（笑）。幸い作家にはなれたけれど、さっきお話ししたようにしばらく仕事の依頼がなくて苦労しました。

ペク　不安に駆られて何かを書き、デビュー後が習作の期間だったと考えれば、すごく自然な流れにも思えます。

グミ　依頼がないときも毎日小説を書いていましたね。誰に頼まれたわけでもないのに、毎日カフェに行って小説を書いた。小説を書いてるんだからと、急ぎの用事を後回しにすることもあって。当時は、小説を書くために椅子に腰を下ろしている時間だけが、自分の存在を証明できるように思えました。ほかには自分が作家だということを証明できる方法がなかった。でも、そうやって自分を追いつめるのは健全な方法

ではないと思います。

ペク　僕もそう。みんながワールドカップで浮かれているときに、一人べそをかいていた（笑）。

グミ　当時書いたものは、ほとんどボツにしました。

ペク　時間を重ねても、結局は同じようなことをくり返すような気がしますね。

グミ　ああいう苦しみを経験することで、私たちは何かを越えていこうとしているんでしょうか。

ペク　おかげでこうやって話ができている、ということはあるかもしれない。あの時間がなかったら僕らは出会っていなかったかもしれないし。

グミ　でも、あの時間を過酷なまでに耐えて正解だったのか、やめておけばよかったのか、実のところいまでもよくわからないんです。

ペク　とにかく、あの時間がいまとなっては大きな力になっている。何かがうまくいかなくて不安な気持ちになると、いつもあのときのことを思い出す。

グミ　私は、もう少し時間が経ってみないとわからない気がします。いまの私と当時の私はまだ距離が近すぎる。

ペク　精力的に書いている時期だから、そう思うのかもしれませんね。

グミ　自分を壊してまで小説を書くのが正しいのかどうか、考え込んでしまうことがあります。

ペク　もう無理だ、と思えるときが来ることもある。

グミ　そうそう。やめた方がいいこともあると、そんなことを理解していく過程にあるんだと思います。

　「それ、どっちがアート？」

　「どっちって」

　「この穴？　それとも動画？」

　「それはどうでもいいことなの。中には自分のために
だけ作っている作品だってあるから」

「セシリア」（108〜109 頁）

ペク　『あまりにも真昼の恋愛』では、読者への語り方はこ
れまでと似ていても、作家の小説への向き合い方、創作の方
法が変化していますね。特にこの短編作品にその変化が顕著
だと思うんだけど。

グミ　そうだとしたら、書いている「私」が小説とうまく距
離をとれるようになったからだと思います。小説の中で作家
は、舞台に上がって一緒に走り回るのではなくて、距離を
とって全体を見渡さなければいけないということを知りまし
た。舞台から降りることができた、という実感があります。
いまは、物語の中心に置くべき面白い人物に興味を傾けられ
る。長編小説はたくさん書いてはいませんが、実際書いてみ
ると、距離をとらずには人物も事件も描けないとわかって。
たまに『敬愛の心』の中ではどの人物と似ていると思います
か、という質問をされることがありますが、答えられないん
ですよ。私は登場人物を観察するような思いで書いているだ
けで、自分のある部分を投影しようと思ったことはあまりな
い。とにかく、そうやって小説の舞台から降りられて、個人
的には少しホッとしています。

ペク　作家が小説と距離をとれないと、重荷になったり苦労
したりするということでしょうか。

グミ　面白くなくなる気がする（笑）。

ペク　どうして？　それはそれで面白いと思うけど。

グミ　だとしたら、私が舞台から降りたいという願望が強すぎて、すべてを否定しようとしているのかもしれない。

ペク　その理由は？

グミ　正確にはわからないんです。2014年に起きた変化の一つで。さまざまな変化を一つずつ起こす、というやり方でもよかったのかもしれませんが、全部ひっくるめて一気に変えてしまった。

ペク　それは、小説を書くうえで大きな原動力となっていた個人的な、内密な歴史よりも、セウォル号事件をはじめとした社会的テーマに目が向き始めた、ということですか。つまり、文学的主題が拡張されたという話に聞こえますね。

グミ　それと、その変化は凄まじい反省、もう少し正確に言うなら、そこまでやる必要はないかもしれないけれど、自分に対する侮蔑と一緒に進んでいったんですね。あのときに強く抱いていた感情が罪悪感だったので。それまでは、自分の傷や悩みだけにとどまりすぎていたと思う。

ペク　たとえば、過去の記憶を呼びさます方法、それに伴う書き方がかなり変化しています。『センチメンタルも毎日だと』がすごく個人的な後日談の形式を取っているとすれば、『あまりにも真昼の恋愛』では、記憶が内面化され、90年代という時代の普遍的な感性を引き出す役割をしている。そのため、密度や効用の高い美しい文章になった一方、物語の力は少し凝縮された印象を受けます。

グミ　2014年以前の状況を確かめてみようと思ったら、物語の時代背景が自然と1990年代になっていったという感

じです。実を言うとそれまでは、心の扉を閉めたみたいに
ニュースも観ないで、「どんな世の中になっても知らないよ。
どうせ滅びるんだし、仕事もないし」と思って斜に構えてい
ました。部屋に閉じこもって出口を探すんだから、うまくい
くはずがない。でも2014年になると、部屋を出てもう一度
社会的責任というものについて考えをめぐらさざるを得なく
なりました。もうこれまでどおり斜に構えてはいられなく
なった。小説に対する考え方も変わりました。作家は個人を
超える領域を持っていると思うようになったし、その領域へ
の不思議な期待を持つようになった。物語の力が弱くなっ
たという指摘についてはもう少し考えてみたいと思います。
『センチメンタルも毎日だと』に収められた作品が物語の力
を持っていたことに、いまの質問でふと気づかされたので。

ペク　「あまりにも真昼の恋愛」でヤンヒとピリョンは、こ
れまでの韓国小説のどの人物よりもリアルで生き生きとして
いるのでは、と思わされるほど印象的でした。

グミ　書いているとき、20代のころの自分にあった未熟さ、
不安、不器用な感情のやりとり、ドン・キホーテ的な部分、
センシティブな反応といったことを思い出した。特にピリョ
ンを書いているときはいろんな先輩を思い浮かべて。クイー
ンが好きでおしゃべりな先輩たちを。

ペク　怒りっぽくて。

グミ　そう。彼らには純情男子のうっぷんがあった。

ペク　当人はそう思わないかもしれないけど、すごいものを
書きましたね。

グミ　最近書いた作品に、ヤンヒとピリョンに似た人物がく
り返し出ているんじゃないかというのが悩みではありますけ

どね。

ペク　そんなことはないですよ。いい効果を生んでいると思う。

グミ　じゃあ、このまま書き続けていいのかな。

ペク　もちろん。さっきの話にもあったように、小説は間接的な例の産物だから。小説家が小説の枠組みから飛び出し、ある人の話をまた別な誰かに伝えるメッセンジャーとしての役割をきっちり果たしている。小説家の役割って、どんなものだと思いますか。

グミ　さっきチラッと話しましたけど、忍耐の心を持ったセンシティブな記録者、だと思います。ただ小説家は、実際にあったことを記録するのではなく、感情の記録者でもあると。

ペク　ところで、「趙衆均氏の世界」の趙衆均は誰なんだろう。

グミ　趙衆均は私が出会った 386 世代*の総体ですね。

ペク　386世代の総体？

グミ　386世代の総体ではあるけれど、我慢できないだめな部分は除いて、できるだけきれいなところだけを残している（笑）。

ペク　よく知っている人物のように感じました。まるで知り合いみたいに。

グミ　大学で知り合った人もいれば、職場で知り合った人もいる。突然現れてパク・ノヘ*の詩集を読んでみてほしいとわざわざ手に持たせてくれた先輩、飲み屋で「ビラ詩」*を匿名で書いていたと恥ずかしそうに告白していた先輩。職場のある上司は、私から見ると要領よく生きてる中産階級のようだったのに、実は自殺した学生運動のときの仲間を忘れら

れずにいて。趙衆均はそういう人たちから作られました。

ペク　だとすると、90年代と現在はどのようにつながっているんだろう。

グミ　結局は、人によってつながっているのではないでしょうか。卑怯者になりたくなかったのに、しかたなく卑怯な人間になってしまって苦しんでいる人の心情のようなものとか。「私たちは卑怯者じゃない」と言おうと口を開きかけて、「やっぱり卑怯は卑怯だよな」と口をつぐまざるを得なくて逆上してしまう気持ちとか。ちょっと悲観的ですかね。でも、はっきり言えるのは、そうやって揺れ動く心すらなければ、ささやかな希望も生まれないということです。

ペク　いいですね。都市の野性。

　　　「先輩、それ、みんなで分けて食べるんですよね。だからそこに置いたんじゃないですか。なのに先輩はポテトばかり食べるから。自分のハンバーガーは食べないで、こればかりつまむから。そのせいで私の分が

＊　1960年代に生まれ、80年代に大学に通いながら民主化運動を率いていた世代のこと。「3」は、この言葉が作られた1990年に30代だったことを意味する

＊　1957 〜。詩人。労働運動家。1984年に労働者の苦しみをつづった初の詩集『労働の夜明け』（『いまは輝かなくとも　朴ノヘ詩集』康宗憲、福井祐二訳、影書房に一部収録）を発表。独裁政権の下で禁書となるものの、100万部近く刊行され、韓国社会と文学界に大きな衝撃を与えた。「南韓社会主義労働者同盟」を結成するなど民主化運動をけん引。1991年に逮捕、死刑判決を受けるがその後、無期懲役に減刑。1998年に7か月間の受刑生活に終止符を打ち、いまは執筆活動を中心に写真展などさまざまな活動を展開中

＊　政治的主張などを宣伝するためのビラに使われる詩。「趙衆均氏の世界」には、趙衆均氏が匿名で書いた詩「過ぎ去った世界」が学生運動で使われたというエピソードが出てくる

減ってるでしょう？　これ食べたあとに、私は清涼<ruby>清涼<rt>チョンニャン</rt></ruby>里まで行ってバイトしなきゃいけないのに。先輩が全部食べちゃってますよね？　もうお腹いっぱいのはずなのにずっと食べてる。もう食べないでくださいよ。ねえ、お願いだから、もう食べないで」

「チェスのすべて」＊

ペク　「セシリア」の人物もそうですよね。僕がグミさんの小説を読んでいて変化を感じるのは、登場人物が時代的なアレゴリーを獲得しているからです。単なる再現と反復に終わるのではなく、時代背景が時代の象徴として機能しているというか。もちろん苦々しさや正直さだけではすべてを表しきれないけれど。

グミ　一人の人間に暴力を向けていた 20 代の若者たちの物語です。暴力的な状況に置かれていた人物が、その後どのように成長したのかを描いてみたかった。セシリアが芸術を通して、どうやって自分の傷を乗り越えていったのかを描こうとしていたつもりだったんです。ですが、書き終えてみると、その克服の仕方に、ある種の悲観、冷笑といったものが含まれていることに気づいて。それは多分、あの作品を書いた 2015 年という年の社会の雰囲気が関係していると思います。セウォル号以後、私には、私たちが自分で自分を救うことも、克服することも、他人の苦しみに共感することも、善意を守ることも、すべて不可能なことのように思えたんです。でも一方で、小説の前半でジョンウンの態度が変化していく過程

＊　第 62 回（2017 年）現代文学賞を受賞した短編。『たった一人のもの』に収録

を見ると、それでも克服することを完全にはあきらめられないような気もしてきて。まだまだ捨てたもんじゃないよ、といううっぷんに満ちた抗弁がしたかったのかもしれない。そんなことを確かめたくて頑張りました。

ペク いろんな仕掛けがあって、テキストが豊かになっている印象があります。あと、結局のところ登場人物そのものが象徴なのだとすれば、彼らが生きている時代が、次の時代には一つのアレゴリーとしても読まれますよね。

グミ セシリアが自分の傷をのぞきこみながら穴を掘り続けることと、それをリワインドながらその行為の虚しさを眺めること。傷というのは、それだけに没頭することも、かといって冷笑してやり過ごすこともできないんだということを悟った世代が、私たちなのではないかと。じゃあその両方を同時にやらなくてはいけないけれど、実際はというと、「セシリア」のラストシーンのように、年末とかに酔っぱらって乗り込んだ寒い最終のバスの中で、たまたま一緒になった人と罵り合うようなことでしか連帯できない。私にとって2010年代の半ばはそんな印象でした。

ペク 「犬を待つこと」と「猫はどのようにして鍛えられるのか」＊では、犬や猫をなくしたり殺したりすることが、人生においてもっと大きいことをなくしたり捨てたり殺したりすることにつながっていきます。

グミ 誤解を恐れずに言うと、人から与えられる感情的な慰めは、それほど大きいものではないと思います。永遠に続くものでもありません。いま犬を飼っていて、16歳なんですが、

＊　いずれも『あまりにも真昼の恋愛』に収録

心を開いて人と気持ちを通い合わせようとしたときより、犬と感情のやりとりをしているときの方が、私は心が温まるし、もっと素直になれます。そのおかげで私は前より少し明るい人間になれたと思うんです。誰もが自分の気持ちを支えてくれる存在を必要としますが、必ずしもそれは人間とは限らないと思っています。ただ、そういった存在を失うと皆同様にその事実に抗うことしかできないし、それを認める瞬間は悲しく、切なく、人間らしくもあると思います。

ペク　「犬を待つこと」では、母が飼い犬を捨てますよね。

グミ　どうでしょう。犬を捨てたかもしれませんし、暴力的だった父を殺したのかもしれません。家族としてのニセの絆が消えた瞬間、愛情の対象だった犬がいなくなるのは自然なことだと思いました。

ペク　猫探偵は遠い未来の話に思えますが、実際にある職業だとか。

グミ　そうです。ニュースでも見たことありますよ。すごく変わった仕事だと思いました。中にはあまり親切ではない猫探偵もいましたが、よく考えてみたらそれは当たり前ですよね。猫探偵は家出した猫を捜そうとして猫の気持ちになるわけですから。飼い主のせいで猫が路頭に迷うことになっているわけで、親切になれないのは当然です。慣れないところで道に迷っているはずの猫のことを考えると怒りもこみあげてくるだろうし、切なくなって感情的な対応しかできないんじゃないかと。探偵って一種のサービス業とも言えるけど、いわゆるサービスの提供を拒む人物、というのが面白かったです。

ペク　最近の小説について、どう思いますか。

グミ　読者が読みたいと思う、さまざまに現実的な問題を取り上げた小説が発表され、支持されていると思います。もう一つの特徴は、私もそうですが、90年代のことがよく描かれていますね。

ペク　そもそも物語は反復し、再現されるものだし、まったく新しい物語なんてありませんよね。

グミ　最近、自分の書く小説について思うのは「『私』はもう登場しなくてもよくない?」ということです。でもやっぱり「私」を取ったら何も浮かばなくなってしまうんですよね。突然、言うことがなくなってしまう。

ペク　僕は最近、後輩の作家の作品がとても印象的で。

グミ　すごいですよね。エネルギッシュだし、筆力もあって。

ペク　それほど90年代が執拗に描かれる理由ってあるんですかね。時代的な部分でいろいろな違いはあるけれど、不思議とギャップをあまり感じない。新しい物語はなく、とっくに知っているギリシャ悲劇が反復、再現されているように思える。それに僕らの小説は、時代というものにとらわれすぎているのかも。

グミ　物語の枠組みの話をするとそうかもしれませんが、感情というものはもっと複雑で、時代の流れによって生まれたり消えたりしますよね。なのに小説では、資本主義がまだ健在だから、似たような思惟ばかりがくり返される。でも、やろうと思えばいくらでも違ったものが書ける余地があるのかもしれない。

ペク　「チェスのすべて」は本当にうまい小説だと思います。小説を際立たせる要素がバランスよく、あるべきところに配置されている。物語、人物設定もそうだし、後日談の部分も

すばらしい。

グミ　この小説を書くとき、実際に大学の先輩からチェスを習ったんです。ある日先輩に、チェスのやり方がわからないと漏らしたら教えてあげると言ってくれて。3月の丸1か月間、大学前のカフェで会いました。そうしているうちに内容が当初のものとかなり変わってきて。主な時代背景が90年代末から2000年代初めになったのもその影響かもしれない。先輩と冗談を言っているうちに、チェスのルールにすごく「きまり悪い」ところがあるということを知りました。

ペク　90年代を通り過ぎてきた登場人物たちの置かれている状況が、非常に象徴的でした。二人の論争と関係、その後の再会までが時代的な意味を含んでいるように読めたんです。

グミ　あの時代を通り過ぎた人たちを反省的にとらえ直してみようとした気がします。個人的には小説の終盤に出てくる「それが私たちのすべてではなかった、とは」という言葉が好きで、サインと一緒に書くこともあります。この小説で究極的にやりたかったのは、あの世代に対する最後の擁護だったと思います。

ペク　『敬愛の心』を読むと、人は記憶に生きている気がする。恋をする心が記憶を生むときもある。小説に対する作家の意思が少しハッキリしてきた気がしました。

グミ　いなくなった人物を、ここにいると感じている登場人物の内面をどう伝えるか苦心した記憶があります。書いている間は、奮闘したという表現がぴったりなほど、その感覚にしがみついていました。恋が終わったあとに自分の物語を持てる人こそ、その関係での主体となれると思ったからです。『敬愛の心』を書きながらずいぶん悩みました。長編なので、

読者が興味を抱き続けられるストーリーが必要です。そういう大きな物語がないといけないと思いつつ、一方で絶えず人物の内面を描写したいという気持ちが抑えられなくて。あるエピソードを音で描いてみたり場面で描いてみたりするうちに、こんなことしていいんだろうかと思ってやめかけて、でも結局書きたいという気持ちの方が勝ってしまう。連載をしながら、結局私は書きたいことを書いてしまうんだなと思いました。また、長編は書いても壮大な物語が書けるほどのエネルギーはないんだということにも気づきました。そのことを受け入れられたことが、大きな収穫だった。

ペク 小説に出てくる仁川ビヤホールの火災事件＊もそうですが、これまでの作品を読むと人と人の関係は、それまでのつながりから生まれていて、偶然による「決定的な必然」の産物であることを確認するにとどまっている。その後にやってくる必然的な運命は、そのいっときだけでは紐解けない気もする。セウォル号事件のアレゴリーにも読めると思いますが。

グミ だけど、結末では、その決定的な必然というのが二人を引き離してしまう。最後の場面で主人公の 敬愛（キョンエ）がもう一度サンスの前に現れるのは、偶然でも必然でもなく自分の意思によるもの、心の力によるものでした。個人的には、決定

＊ 1999 年 10 月 30 日に、仁川市仁峴洞（インヒョンドン）の商業ビルで火災が起き、130 人以上の死傷者が出た事件。事件当日は市内にある高校の学園祭があった日で、店には打ち上げ中の高校生が大勢いた。店主は食い逃げを心配してドアに鍵をかけ、一人で避難。多くの命が犠牲となる原因となった。のちに違法営業と知りながらも店主から賄賂をもらって目をつぶっていた公務員の不正なども発覚し、韓国社会のさまざまな問題が露呈した

的な必然を確認したあとのことが暗示されていると思っています。この小説がセウォル号事件と関連づけて読まれることを心配していました。セウォル号事件はまだ小説に書ける時期になっていないと思っているので。私は仁川のあの事件について、自分で経験して、知っている部分だけを書こうと思いました。

ペク　そういうことなんですね。『敬愛の心』は典型的なオフィス・ラブの物語形式を取っているけれど、一方で社会的、歴史的な事件の文脈でも普遍性を獲得しているように思えます。いまはどんな小説を？

グミ　『敬愛の心』を書くまで、さっきお話ししたような形で社会に対する悩みを抱いていたとしたら、その次の作品の『愛しのメギ』を書いている段階では、悩むべきは倫理の問題ではないだろうか、と思っていました。倫理というのは、大きいくくりでは議論の余地もないのかもしれません。でも、個人のところまで絞られていくと話が複雑になります。個人

のレベルで倫理が複雑に絡んでいくさまをどう描けるか。いまは小説を書きながら、そんなことを悩んでいます。最近、BTS とそのファンダム（fandom）文化についての話を聞いたんですが、ものすごく刺激を受けました。私が想像する歌手とファンの活動範囲を超えていた。歌手とファンダムによる、倫理の強固な武装。それってどんなものだろうと思って。いまの 20 代の大事な特質を物語っているようにも思えます。

ペク 同感です。僕は BTS のファンですが、彼らの音楽を聴くことはいまの世代を理解する最も重要なヒントになると思います。現代の最先端に立っているので、つきつめると彼らから未来を学べるはずだと。あと、BTS の音楽を聴いていると、小説の未来に思いを馳せちゃうんですよ。僕らは小説の最後の世代ではないか、文学の世界でも BTS のような存在が登場し得るだろうかと。小説の未来についてはどう考えますか。

グミ 質問が難しすぎて（笑）。私はポジティブに考えています。私たちより若い作家たちが書いている小説がとてもいいので。

ペク 僕は、彼らも僕らと同じ世代だと思っています。未来はもっとずっと先にあるんじゃないかと。

グミ いまの新人の小説には、物語への強い欲求を感じます。また彼らの小説は、同世代の読者に熱い支持を得ている。読者と作家の間のそうした合意が、未来ではますます双方の密着度を高めていくんだろうなと。

ペク 最近の物語が、仮想の世界やファンタジーからリアリズムへと回帰していると言ったら、言いすぎなんでしょうかね。

グミ 作家の立場は大きく変わっています。価値がなくなっ

たという意味ではなく、いまの読者は作家と同等の立場で文学に関わっているのだろうと。回帰であれ前衛であれ、そういうことは必要に応じて選ばれるだけのことだから、そこに優劣があるとは思っていません。ですが、どんな時期にも反動は必ずあるので、私も敏感でいようと努力しています。いまは読者が作家を自分の隣にいさせてくれるという感じですけれど、いつかまた違う関係を求めてくるはずです。その反動でさらに新しい物語が必要とされるでしょう。たとえば、ある観念や思想の世界に責任を担える存在として、作家が必要になるときが来るのではないでしょうか。そんな期待を抱いています。でもいまは読者の日常と重なるような話が脚光を浴びているように思えますね。

ペク　小説の未来に（笑）、誰に、どんな作家として記憶されたいですか。

グミ　自分の小説が誰かに読まれるという前提は、常に頭にあって、でも一方ではハッキリとした実感の持てないものでもあります。ある種の自己肯定感を高めようと小説を書いていることが多くて。なので、個人的には発表した小説をすべて本という形で残せる作家になりたいです。駄作がなくて、あるいは稀にしかなくて、均質な小説を書く作家、そして、そうなるために努力した作家として記憶されたらいいなと思います。

2019年4月10日
ソウル市麻浦区臥牛山路のスタジオ・モノートで
（『Axt』2019年5・6月号掲載）

キム・グミ（金錦姫）

1979年、釜山生まれ。2009年韓国日報の新春文芸に「あなたのドキュメント」が当選してデビュー。短編集に『センチメンタルも毎日だと』、『あまりにも真昼の恋愛』（すんみ訳、晶文社）、『たった一人のもの』、長編小説に『敬愛の心』、『愛しのメギ』、『ボクチャへ』、掌編小説集に『私はそれについてとても長いあいだ考えている』、エッセイに『愛以外のすべての言葉』などがある。申東曄文学賞、若い作家賞、現代文学賞を受賞。

インタビュアー　ペク・カフム（白佳欽）

1974年、全羅北道益山市生まれ。明知大学文芸創作科卒業。2001年、ソウル新聞の新春文芸に「ヒラメ」が当選してデビュー。短編集に『コオロギが来た』、『チョ代理のトランク』、『ヒントは坊ちゃん』、『四十四』、長編小説に『ナフタリン』、『香り』、『マダムベンドク』などがある。啓明大学文芸創作科教授。

翻訳　すんみ

翻訳家、ライター。早稲田大学大学院文学研究科修了。訳書にキム・グミ『あまりにも真昼の恋愛』（晶文社）、チョン・セラン『屋上で会いましょう』（亜紀書房）、共訳にイ・ミンギョン『私たちにはことばが必要だ フェミニストは黙らない』、リュ・ジョンフンほか『北朝鮮 おどろきの大転換』（河出書房新社）、チョ・ナムジュ『彼女の名前は』（筑摩書房）がある。

ストーリーテラーの起源

チョン・ユジョン

文 チョン・ヨンジュン　写真 ペク・タフム

＃1

　インタビューを準備する作業は、インタビュイーに会う前のストーキング行為と言えるかもしれない。チョン・ユジョンの小説を数週間にわたって精読した。発表された散文を読み、メディアや放送で紹介された内容を集めた。作家に関する情報と知識を蓄え、意外なエピソードを知り、プライベートな事情まで聞き及べば、自ずと「ある種の理解」に達する。そして、また小説を読む。最初は見逃していたものが見えはじめ、文章とストーリーに溶け込んでいる彼女の気持ちや意図がくみ取れ、作品同士の接点や共通分母のようなものが見いだせるようになる。おかげで、まだ会ったこともないのに、長い間彼女と話し合ってきたような気分だ。もちろん、僕一人の錯覚に決まっているが。にもかかわらず、椅子に腰かけて彼女を待つ僕の胸は震えた。わずかな気恥ずかしさを感じる一方で、旧知の人に対するような親しみを覚えていた。

チョン・ヨンジュン（以下、ヨンジュン）　インタビューの準備をしたためか、すでによく知っている人のような気がしている。初対面のはずなのに、再会できてうれしいような（笑）。インタビューをどのように進めるべきかずいぶん悩んだが、お互いに小説を書いている者同士、小説に関する話をたくさんしたい。作家にとっては、小説を書くこと、それについて考えることもまた、日常の一部分であり生活そのものだろうから。あなたの生活を構成するものの中でも、「小説」に焦点をあてたい。実をいえば、何かものすごいプランがある

わけではなく、僕自身が小説家なので、それ以外はうまく話す自信も、掘り下げていく自信もない。もちろん、僕の好奇心を満たしたいという欲望が先立ってはいる（笑）。まずは、脱稿したばかりの『種の起源』についてうかがいたい。

チョン・ユジョン（以下、チョン） 読んでみたか？

ヨンジュン 読んだ。本が出版される前に、出版社にお願いして原稿を送ってもらった。決して短くない作品を論文を読むかのように３日間、時間を見つけては少しずつ読んだ。本当に面白かった。そして、このインタビューが待ち遠しくなった。知りたいことも、聞きたいこともたくさんある。本についての話と、執筆過程など「書くこと」についても語り合いたい。じっくり進めよう。それはそうと、最近、パリ・ブックフェアへの参加を兼ねてフランスへ行ってきたとのこと。外国語で出版された本と、それを読んだ外国人の感想に触れた感触は？

チョン よくわからない。去年（2015年）の秋、ドイツのエージェントに会った。『七年の夜』についてドイツ内の反

『種の起源』（チョン・ユジョン著、カン・バンファ訳、ハヤカワ・ポケット・ミステリ）（左）
『七年の夜』（チョン・ユジョン著、カン・バンファ訳、書肆侃侃房）（右）

応を聞き、いろいろな質問を受けるうち、ふと不思議な気分になった。「この人は外国の言葉で私の本を読んだのか」と。翻訳された本を見ると、自分の本ではないような気もする。だって、私は読めないから（笑）。

ヨンジュン　僕は、自分の本が翻訳されたことがない＊から、よくわからない。でも考えてみれば、実に不思議な気分だろうし、うれしくもあるだろう。僕も、読んで面白かった本の大部分は海外文学だった。その人たちにとっては、韓国の小説が海外文学というわけだ。となると、自国の文学だろうと海外文学だろうと、究極的には変わらないのかもしれない。言葉が違うから読みづらいというだけで、物語自体は人間についての話、あるいは人々が集まる世界の話に集約される。つまり、物語の元型とでもいうような。

チョン　「元型的な物語」は、それがこの地上のどこであり、いつであり、誰についての、どんな種類の話であれ、人間の根本的かつ普遍的な欲求を満たしてくれる。ロバート・マッキー＊の『ストーリー』によれば、元型的な物語は、現実の具体性から人間の普遍的経験を取り出し、それを個性的で独特な文化的特性をこめた表現で包んだものだからだそうだ。異国の物語という未知の世界に入り込んだ読者は、そこで自分自身、あるいは自分と似たような一面や普遍の真実を見つける。つまり、元型的な物語は言語に関係なく、読者の興味を十分に惹くことができるというわけだ。時代と空間を超えて生き残っている本は、こういった元型的な物語と言える。

＊　2019年に『宣陵散策』（藤田麗子訳、クオン）刊行
＊　1941〜。世界的に有名なシナリオ講師

私が目指す究極の物語でもある。

ヨンジュン　最近はどう過ごしているか。脱稿して少し余裕があるのでは。

チョン　そうでもない。『種の起源』を書きあげた翌日の早朝、父が亡くなった。突然だった。持病があったわけでもなく、健康診断のために入院していたときのことだった。病院に着くと、医者も真っ青な顔をしていた。自分もこんな経験は初めてだ、睡眠中に心臓発作が起きたようだと。最初は、悲しいというより面食らっていた。「お父さん」と呼べば、いまにも「うん」と目を開けそうだった。最近になって、やっと死を実感している。

ヨンジュン　何かのインタビューで、あなたが作文でもらった賞状を集めた箱を、ある日お父さんにもらったという記事を読んだ。とても印象的で、感動的でもあった。何ともいえない気分だったのではないかと思う。父娘の関係はどうだったのか。

チョン　親バカなのは皆と一緒だが、私よりも妹を溺愛していた。父と私はそっくりだった。血の気が多くて、がんこ。一度火がつくと、前後の見境なく突進する「電車」のような性格も似ている。一家に一人でも持て余すキャラクターが二人もいたわけだ。だから、ぶつかれば大事故になる。早い話が、私は父の思い通りにならない子だった。一度決めたことはやらなければ気が済まず、回り道もできない。「融通が利かない」点では誰にも負けなかった。ところが、世界文学賞を受賞したあとに実家に帰ったとき、父は夫の前に古い箱を差し出した。娘は子どものころからこうだった、とでも言うように。予想外の出来事に、じんときた。父の死を実感

した瞬間がある。三虞祭*を終えて、父の遺品を整理しに行き、遺産のことでもめたときのことだ。父が大事にしていたナイフがあった。外交官を務めていて、当時、主に南米を飛び回っていた叔父から、コロンビアのギャングが使うものだといってプレゼントされたものだ。海賊ナイフのように先が反り、刃はすさまじく鋭利で、柄に解読不能な模様が刻まれたポケットナイフには、なんだか普通でない空気が漂っていた。田舎の素朴な公務員だった父が、このナイフで何をしたかというと、近場の食肉処理場で牛をさばく日があると、肉をブロックで買ってきて牛刺しにした。牛刺しを知っているか。

ヨンジュン　もちろん。大好物だ（笑）。

チョン　その日のわが家の風景を説明すると、こうだ。父が大きなまな板に牛肉の塊をのせて座っている。母はニンニクとゴマ油を前に、父の隣にスタンバイしている。二人の前に、私たち4人きょうだいがツバメのひなのように口を開いて並んでいる。父が例のナイフで肉を分厚く1枚切ると、母がそれにニンニクを挟み、ゴマ油をつけて順に食べさせてくれる。もちろん、長女の私から。最後のひと切れも私のものだ。両親の食べる分などない。父は肉を切りながら、母が食べさせてくれるキムチを肴に、マッコリを1本飲む。母は下戸だから、それさえもできない。そんなイベントが、田舎を出るまで毎週続いた。そんな牛刺しの思い出が詰まったナイフをめぐって、取り合いになったのだ。

ヨンジュン　遺産争いというからまったく別の話を期待して

*　葬儀後、三日目に墓で行う祭祀

いたが、思いもよらない展開だ。結局、誰の手に渡ったのか？

チョン 私は長女だし、牛肉がいちばん好きなのも私だから自分にくれと言った。弟は自分が父親の法事をするから、アメリカに住んでいる妹は太平洋を渡ってきたから、末っ子は父親にいちばんかわいがられたのは自分だからと主張した。言い争いの結果、いちばん声の大きかった弟の物になった。残りの３人には、父が育てていた多肉植物の鉢植えを一つずつ。それが……私たちのやり方だ。私たちきょうだいにとっての、喪失と離別の受け入れ方。昔、まだ小さかったころ、母が亡くなったときもそうだった。他愛ない話で騒ぎながら、不安と悲しみに耐えた。当時、私たちは泣くまいと必死だった。誰かが泣き出せば共倒れしてしまいそうな不安が皆の胸にあったようだ。父の遺骨は母の隣に安置した。26年ぶりの再会だ。二人の骨壺の間に、父の携帯電話を置いた。特別な意味はなく、弟がそうしようと言ったから。一週間ほど経って、中国の深圳に向かった。身も心も疲れ果てていたが、ずっと前からの予定だったので延ばせなかった。到着した日、一行とともに屋外での民俗公演を観に行った。公演が始まるころ、ひょいと満月が出た。近ごろではなかなか見られない、黄金色のスーパームーンだった。しばらくぼんやりと月を眺めていると、ふと父親の声が聞こえる気がした。「わが娘よ」と呼ぶ声。次の瞬間、思わず携帯を取り出して父に電話をかけていた。発信音が聞こえると胸がどきどきし、顔も紅潮していく気がした。やがて「電源が切れています」というアナウンスが聞こえると、胸がしめつけられるようだった。父は本当に亡くなったのだと実感した。帰国してからきょうだいにその話をすると、皆同じことをしていたそ

うだ。やれやれ……。

ヨンジュン こう言うと失礼かもしれないが、あなたが話すと、すべてが面白い小説のように聞こえる。短い会話の中でも、あなたの言葉にはエネルギーがあふれている。まるで、あなたの小説に出てくる文章を読んでいるときのような感覚になった。ところで、いまもボクシングを続けているか。

チョン ボクシングはやめた。いまは水泳をしている。『種の起源』の主人公、ユジンを元水泳選手という設定にしたときから習いはじめた。ユジンはなぜ水が好きなのか、水の中で何を感じるのか、水はどんな感触なのか、といったことを知りたかった。

ヨンジュン 泳げなかったのに、小説のために水泳を始めたうえ、いまも続けているとは、尊敬するばかりだ。運動したくてもものぐさでできない人間からすれば、鑑（かがみ）のような存在だ。ヒマラヤ登攀（とうはん）後、サンティアゴの巡礼路を歩いたそうだが。

チョン サンティアゴの巡礼路には、さまざまなコースがある。私はフランスから入った。サン゠ジャン゠ピエ゠ド゠ポルからサンティアゴまで、続いてサンティアゴからフィステーラというスペインの西端まで、ピレネー山脈を越えて900キロ以上の道を、荷物を背負って一人で歩いた。季節は冬で、凄絶な天気だった。吹雪に遭い、あられに降られ、嵐に襲われ、霧に視界を奪われ……。

ヨンジュン 900キロとは。どうしてそんな長距離になったのか。

チョン ゴールするのに34日かかった。終始一人だった。たいていの人はアルベルゲという巡礼者用の宿に泊まるが、

私は一人で泊まれるホテルやユースホステル、ペンションなどを探して歩いた。多少お金はかかるが、仕方なかった。一人でいる必要があった。巡礼路をたどりながら『種の起源』の構想を練っていたからだ。構想が完成したとき、西の海が一目で見渡せる山頂に着いていた。標石の前で足を投げ出して座り、海を見ながら泣いた。母親を思い出していたようだ。

＃2

（おそらくは）すべての小説家にあてはまることだろうが、まともな小説家なら小説を熱心に書く。「熱心に」とは言葉通り、（うまく書きたいという）熱い心で書くという意味であり、また、物理的に努力してベストを尽くすという意味でもある。そのため、たくさん書き、たびたび直す。調子よく進んでいたのに路線を変えたり、すべてボツにして書き直したり。だから僕は、「熱心に書く」という抽象的な概念を具体的に表現したい。「たくさん書く、長い時間書く、たびたび直す、たくさん直す、直しても直しても気が治まらない、だから長い時間書く」という感じに。チョン・ユジョンのインタビューで最も印象的だったのが、この点だ。ああ、この人は本当に熱心に書く作家だと。

ヨンジュン　そろそろ『種の起源』の話に移ろう。当たり前かもしれないが、完成度への欲は大きいと思う。修正には特に力をそそぐと聞いた。そうやって苦心の末に脱稿したわけだが、作家の立場から見た『種の起源』は、ほかの小説とど

こが違うか。

チョン　最大の違いは、主人公との距離感だ。私は作家ではなくユジンとして考え、話し、行動し、機能しようと努めた。危険な試みだったが、当初の思惑通り、小説自体を「悪人の自己弁論書」にするためにはほかに方法がなかった。二つ目は、文章だ。私は、文章はストーリーに従うべきだと信じている。美しさより正確さを優先する。文章のトーンは、物語のトーンを引き立てなければならない。だから、文章のトーンは作品ごとに違う。『私の心臓を撃て』は軽快に温かく、『七年の夜』は冷たく重く、『28』は燃えるように熱く書こうと努めた。『種の起源』の場合は、「自己弁論」に最もふさわしい肉声が必要だった。話して聞かせるという程度ではなく、耳の奥へ撃ちこむような強烈な声。控えめでありながら変化に富み、感情が余韻のように響きわたるユジンの声、私たちが誰かを説得しようとするときに使う戦略的な声。三つ目は、プロットと人物についての記述を最小化すること。おそらく、『種の起源』は、私の小説の中で最も簡潔だと思う。

ヨンジュン　ふと、違う質問が浮かんだ。小説がうまく進まないとか、問題があるとか、そういった判断は何を根拠にしているか。

チョン　面白くない。

ヨンジュン　面白くないとは、具体的に？

チョン　つまらない。感情の波や、葛藤やシチュエーションから生まれる緊張、あるいはスリルが感じられず、話の流れが散漫になるとつまらない。私がつまらなければ読者も……当然そうではないか。

ヨンジュン　しつこいようだが、もう一つだけ聞きたい。小

説を読むとき、つまらないという感情は、何が原因で生まれると考えるか。ストーリーが行き詰まったとき？

チョン　さまざまな要因があるだろう。物語の前提自体が間違っているとき、表現しようとしているある観念に支配されて、作家に物語全体が見えていないとき。ストーリーが行き詰まるのは、その人の理解が足りないからだろう。

ヨンジュン　その人とは作家？　それとも人物？

チョン　作家だ。人物や状況、事件、それらが意味するものについて理解が足りないから行き詰まる。そんなときは勉強が必要だ。作家は、少なくとも自分が作る世界については、たんに「知っている」程度ではなく、プロ並みに熟知しておくべきだ。そうして初めて物語が前進し、ミスを最小化できる。

ヨンジュン　あとでしようと思っていた質問だが、『七年の夜』や『28』を読んでいるときにも同じことを感じた。あなたの小説を読んでいると、真っ先に「迫真性」というものを感じる。『種の起源』を読んでいるときも、合間で一呼吸置きながら、それを確信した。小説における「迫真性」は、読んでいるときにははっきりと感じられるが、いざ説明しようとすると難しい。迫真性とリアリティが、ほとんど区別されずに使われることもある。だが、この二つはまったく別物だ。あなたの文章を読んで、「迫真性」というものをうまく説明できそうな気がした。僕がそう感じるとしたら、あなたが作家として努力した点は何だろう。

チョン　人間を動かすのは、たいていの場合、感情だ。私たちは何事も理性で判断し選択していると思っているが、冷静に見れば、あらゆる行動の根源には感情がある。迫真性は、

それを取り出して見せることに由来すると考える。一瞬ごとに揺れ動く内面の感情、外へ向かって表現される精製された感情、そのはざまにわだかまる葛藤と緊張。それを取り出して見せるには、人物の内面へ自由自在に出入りしなければならない。

ヨンジュン　書くことへの思いは作家によって異なるようだ。トニ・モリスンの場合、作家は小説を知り尽くしているべきだと言う。こうも主張している。人物の思い通りにさせてはならない。そんなときは「お前はじっとしていろ。私がやるから」と人物を叱りつけるのだそうだ。でなけれは、途中で挫折してしまうと。一方で、作家によっては、書くこと自体の自立性とでもいおうか、「自分はこの物語がどう進むのかわからないから、ついていってみよう」と考える人もいる。あなたは、書くという行為を、作家が支配するべきだと考えるか。

チョン　作家は、人物と時空間、ストーリーと形式と情報を完璧に支配するべきだ。私の小説では、ハエ一匹勝手に飛べない。そんなことがあれば、私がひねりつぶす（笑）。理由もなしに登場する人物や事物はないと言えるだろう。銃が登場すれば、必ず発砲される。かといって、弾があたる場所まで決めておくわけではない。大枠を決めた状態で書きはじめ、修正を通して完成度を高めていくタイプだ。

ヨンジュン　自身の小説に対して、ある確信を持って書いているようだが、なぜそうできるのか。僕にはまだ難しい。僕は自分の書くものに押しつぶされそうになるし、怖くなることもある。確信もない。書くたびに、小説についての考え方も変わっている気がする。どす黒いオーラをまとった人物を

書かなければならないこともあるが、そんなときは怖くなる。僕自身がのみ込まれそうになるからだ。だから悩むことも多い。書きあげたあと、脱力することもあれば、心が沈むこともある。

チョン　人間の自我は思っている以上に強い。形状記憶合金のように、本来の姿に戻る性質も強力だ。私はその弾性を信じる。ただ、体力は養う必要がある。耐える力があれば、のみ込まれない。

ヨンジュン　のみ込まれないために、作家も強くなるべきだと？

チョン　少なくとも私の場合はそうだ。

ヨンジュン　『私の人生のスプリングキャンプ』でデビューして 10 年。当時の「著者あとがき」に印象深い言葉があった。小説を書くにあたって二つの柱を打ち立てている。一つは冒険物語、一つは恐ろしい心理スリラー。小説家としての夢は「꾼（クン）」*、つまり、プロのストーリーテラーになること。その夢を、この 10 年間ですべてかなえたように見える。かっこいい。自分が書く小説についても熟知していて、自身の小説において作家が優位に立つ術も知っている。さらには、今後の目標と計画まで定まっている。個人的に残念に思っているのは、最近、冒険物語を書いていないことだ。

チョン　作家だからといって、すべてうまく書けるわけではない。それぞれに与えられた土台がある。スリラーは、私が語ろうとするものを最も適切に反映できるジャンル。私の小説は推理小説にあてはめられることもあるが、厳密にいえば、

* 　75 頁参照

私は推理小説を書いたことはない。推理小説の目標は「犯人探し」であり、スリラーの目標は「生存」だ。推理小説は読者と繰り広げる知的ゲーム、スリラーは生存ゲームだ。『私の人生のスプリングキャンプ』は冒険小説、または成長小説に分類されるが、基本的には生存ゲームの形を成している。「生存」は、私の小説全般にわたる一貫したコード。私は基本的に生存欲求の強い人間であり、生き残るために生きてきた。だから、生存について語るようになったのは、ごく自然なことだと思う。

ヨンジュン 心理スリラーを多く書き、うまく書ける理由がわかった。となると、10年前の目標だった小説家としての夢はかなえたようだ。プロのストーリーテラーになること。いまも挑戦は続いているのか。10年が経ったいま、もう一度「著者あとがき」で語るなら？

チョン 夢はかなった。今後の目標は、正真正銘のストーリーテラーになることだ。

ヨンジュン あなたは夢をかなえた。この場の会話だけでも、話のうまさは伝わる。まるで漫談家のようだ。

チョン・ユジョン

チョン 語りはサーカスで学んだ。私が生まれ育ったのは全 羅道の咸 平、唯一の文化生活は市が開かれる日のサーカスだった。サーカス好きの祖母はいつも私を連れていってくれた。ゾウが踊ったり、空中ブランコがあったりするプロのサーカス団ではなく、腹痛から頭痛まであらゆる病に効く万能薬を売りさばくためのサーカスだ。当然、レパートリーもわずかしかない。桶転がし、綱渡り、皿回し、マジック……そんな地味なレパートリーの中でいちばん人気だったのが、二人の漫談家が昔話を聞かせてくれるテント劇場だった。『フンブ伝』『ペビジャン伝』『イチュンプン伝』……6、7歳のころのことだが、当時のことははっきりと覚えている。いちばん面白かったのは『フンブ伝』だ。彼らは絶対に、フンブが貧しいとは言わない。代わりに、1時間かけて、貧しい者の身の上にしか起こらないハプニングをつらつらと語る。フンブは10人の子どもたちに着せる服がないと、橋の下に住む物乞いからぼろぼろのむしろを1枚もらい、穴を10個開けて子どもたちの頭からかぶせることで一気に解決する。だから一人が便所に行きたくなったら、残りの9人もぞろぞろついていく。一人がこけたら、残りも将棋倒し……。サーカスを見たあと、私は近所の子どもを集めて、漫談家の話をそれらしく話して聞かせた。小学5年生までやったと思う。漫談家よりうまいという褒め言葉が嬉しくて(笑)。聴衆の熱気はすごくて、私の一言ひとことに腹を抱えて笑っていた。嘘じゃない。本当だ。

＃3

　チョン・ユジョンの小説と言えば、二つの単語が浮かぶ。一つは「ディテール」、もう一つは「悪」だ。「ディテール」とは先に述べた迫真性につながる一種の物理的な面での印象、「悪」とは小説の心臓、または核心を表現する情緒的な面での印象を指す。つまり彼女の小説は、肉体においては綿密で真に迫っていて、精神においては悪が燃えたぎるかのようだ。小説の世界の構成条件がリアルに感じられるよう、情報は正確で、描写は生々しい。あたかも文章がうごめいているかのようだ。フィクションの要素が小説の世界で具現化し、本当に命を与えられたかのように。こう思った。この作家は真のプロなのだと。どうすればこれほどまでに書けるのだろうか。

ヨンジュン　小説の話をしよう。『七年の夜』や『28』、そして今回の『種の起源』でも感じたことだが、人間に多大な関心を抱いているようだ。人間が集まる社会、たとえば『28』＊のように、システムとしての（全体主義的な）悪についても。初めは、作家としての個人的な好奇心が強いのだとばかり思っていたが、『種の起源』まで読むと、ある種の責任感のようなものを抱いているのではないかと思えた。本人が考える、自分の小説の核心となるモチーフ、あるいはテー

＊　首都近郊の架空都市で致死率100パーセントの謎の感染病が発生。首都への感染拡大を阻止するために軍隊が投入されて市が封鎖される中、医療関係者らが病の真相をめぐって群像劇を繰り広げる長編小説

マとは何か。

チョン　すべての作家には自分だけのテーマがある。実際、ほとんどの作家は自分のテーマを生涯にわたって「変奏」するという。チャールズ・ディケンズの場合は家族、あるいは父親、スティーヴン・キングは人間の心の奥底にある恐怖……私のテーマは、人間の本性だ。中でも、深淵と呼ばれる暗い森に興味がある。この森には、人間の生に問題を巻き起こす野獣が眠っている。嫉妬、怒り、憎悪、嫌悪、欲望、快楽、恐怖、絶望、暴力性……これらの暗い生命体がある日何をきっかけに目覚めるのか。何によって着火するのか。これらを意識の水面上に追い立てる力は何か。その力が運命の暴力性と結びついたとき、何が起こるのか。こういった質問を投げかけるのが私の小説だ。

ヨンジュン　それが、いつか言っていた「物語の魂」という概念か。

チョン　ここでも、ロバート・マッキーの言葉を引用して説明したい。道を歩いているとき、偶然、首のない死体に足を引っかけたとしよう。このとき現れるのは、知的判断ではなく情緒的反応だ。たいていは驚いて腰を抜かしたり、悲鳴を上げたり、まっしぐらに逃げるだろう。凄惨な死体を前に、衝撃と恐怖を感じると同時に、自分もいつか死ぬのだという事実や、生に影を落とす死の意味について思惟することは珍しい。現実の世界では、意味と情緒の融合は時間が経過してから可能になる。それが普通の人間であり、リアルな反応だ。だが小説においては、この過程が一瞬にして起こる。読者は、人物を通して死体への情緒的反応を示すと同時に、死体、あるいは死がもたらす意味に同時に気づく。ロバート・マッ

キーが「美学的瞬間」と命名したポイントだ。私はこの瞬間を「物語の魂」と呼ぶ。物語の魂は、作家の視点と切っても切れない。「私は人生を、人間を、世界をこう見ている。あなたはどう？」、そう言いたくて物語をつむいでいるのだから。たとえば、『28』は全体主義に対する警告だ。少数の犠牲を強いるばかりか当然視する多数の連帯について、私はこう考えるという小説。クライマックスをあのような設定にしたのは、結局私たちはこんなふうに同じ道を歩むのだと言いたかったから。それが物語の魂だ。自分が伝えたかった物語、あるいは真実。

ヨンジュン 「小説が世界を変えることはできない」と言っていたが、あなたの小説からは、社会に対する責任や負債意識のようなものを感じる。セウォル号事件以来、書くことに困難を感じているという作家が多数いる。それぞれがさまざまに悩んでいるようだ。小説家は架空の世界を書く存在だが、同時に、現実世界の市民でもある。現実世界と社会問題について、小説家がどんな形であれ参加することは正しいと思うか。実際、あなたはかなり積極的に自分の意見を述べているし、小説の中でも光州民主化抗争やその他の社会的問題について、隠喩的ではあってもずいぶん積極的に書いている。僕の目にあなたは、フィクションを書く作家の人生と、実世界での市民としての人生が、さほど分かれていないように映る。

チョン 作家が必ずしも社会的、政治的責任を負うべきだとは思わない。公的な行為や発言は、すべて作家本人の選択にかかっている。さっきも言った通り、作家や文学が世界を変えられるとも信じていない。ただ、変化の兆候を半歩先に見

抜き、見抜いた真実を世間に示してみせるのが作家の役割だと思う。ここにこういった問題があると注意を促すこと。だから、文学は私たちの暮らしからあまり遠くにあっては困る。文学は地上のものであるべきだし、作家は地に足が着いていなければならない。重苦しく、醜く、恐ろしい問題を正面から見つめられるよう喚起しなければならない。文学が美しいことばかりを謳ったからといって、世界が美しくなるわけではないから。

ヨンジュン 『28』についての印象的なコメントがあった。「韓国のスティーヴン・キング？　そんなことが可能だろうか」というものだが、コメントの筆者は『28』がもう少し確固としたエンタメ性をもって書かれていたらと残念がっていた。僕も同様に、韓国の小説ならではのリアリズム的な情

緒とある種の限界を感じながらも、彼が指摘する点を長所と感じた。そんな中、『28』の執筆中に、「私は人間について書きたいのに、ウイルスの話ばかりになっている気がして、すべてボツにした」というインタビュー記事を読んだ。人間への集中力を失うまいと努力する作家なのだと思った。それがときに、物語のある流れを滞らせるとしても。

チョン 純粋なエンタメ手法の観点からすれば、残念な部分が多いだろう。私の小説は、始まったとたんに犯人が明らかになる。その後の物語がどう繰り広げられるのか、下図を見せながら進む。おまけに、派手などんでん返しもない。そういった点が、私の小説の限界ともとられるだろう。

ヨンジュン 可能性とも。

チョン 逆に考えれば、私の小説の目的が見えるはずだ。ほかでもない、人間だ。それも、運命の暴力性に踊らされる人間。運命とは、私たちの外側から押し寄せる力であり、人生を追い立て焦土化する事件のようなものだ。私の小説では立て続けに事件が起こるが、焦点となるのは事件ではなく、事件に直面した人間だ。運命に立ち向かい、抵抗し、乗り越える人間、彼らの自由意志が私の主な関心の対象であり、それを主人公の選択と行動によって見せたい。たとえば、『七年の夜』では殺人犯チェ・ヒョンスを通して、人生において最も大切なものを命がけで守り抜く男を、『28』では主人公ソ・ジェヒョンの死を通して、人間だけが持ちうる品格と尊厳を表現することを目指した。

ヨンジュン 「韓国のスティーヴン・キング」という評価についてはどう思うか。

チョン スティーヴン・キングについてひとこと言いたい。

彼は面白い話を書くだけの作家ではない。人間の最も奥深い
ところ、凡人には想像することも到達することもできないと
ころまで分け入った作家だ。面白いストーリーは読者を導く
ための道であり、その道に沿って進んだ読者はその果てで、
傷だらけでぼろぼろの人間を目撃する。それがほかでもない、
自分自身の姿であることにも気づかされる。だから彼の小説
は面白く、感動的で、切ない。私は現世では、つまり生まれ
変わらない限り、彼の足元にもおよばないだろう。お願いだ
から、私を韓国のスティーヴン・キングなどと呼ばないでほ
しい。

ヨンジュン　今後は、分類といったものが大きな意味を持た
ないと思う。正確な分類というものもない。いわゆるジャ
ンル小説＊の作家がジャンル小説だけを読むわけでもないし、
純文学の作家が純文学だけを読むわけでもない。僕も、面白
ければ何でも読む。小説はジャンルで区別されるのではなく、
面白さで区別されるものだと思うからだ。

チョン　私の中で小説は２種類だ。考えさせる小説と、体
験させる小説。私の小説は後者に属する。考えることなく、
読んだ瞬間、全身で感じてほしい。そのためには、自分の五
感を総動員して架空の世界を肉づけしなければならない。中
でも、最も気を使うのが視覚だ。人間はほとんどの情報を視
覚で感知する動物だからだ。私の小説が映画的だという指摘
を受けるのもそのためだろう。

ヨンジュン　スティーヴン・キングの話が出たが、彼は全米
図書賞を受賞したとき、大衆小説を擁護する演説をした。そ

＊　純文学に対応する概念。SF、ファンタジー、エンターテインメントなどの総称

の中で、彼は自分の思う、文学界が無視すべきでない作家の名を挙げた。これについての反論と批判が出ると、こう言った。「大衆小説とそうでない小説に差はあるか。読者がどんな本を読んだときに、より心が惹かれたり惹かれなかったりするのかという問題をじっくり考えてみると、そこに差はない。なのに、その差を区別する基準が崩壊すると、批評家は『それはいけない』と言う」と。あなたはどう思うか。

チョン 私にとって、大衆小説や本格小説などという言葉は意味がない。私は力強く美しい物語を目指す。ここで言う「力」とは、読者を乗せて旅立つ動力のこと。実際には知らない世界に彼らを誘い、私たちが抱えている普遍的な問題や人生についての真実と向き合わせたい。また、「美しい」とは道徳や倫理とは無関係の、物語自体が持つ美学を指している。

ヨンジュン 物語の美学とは何か。

チョン 物語の美学は、面白さと意味の調和にあると思う。もう一度マッキーの言葉を借りて説明するなら、面白さとは、物語の意味が呼び起こす強い感情、意味が深まりゆく中で感じる苦しい感情、これらを究極的に満足させる情緒的経験を得るために、物語に注意を集中する意識だ。私は読者に、私の小説の中でありとあらゆる感情の荒波にもまれてほしい。へとへとになるほど極端な感情を経験してほしい。怒り、絶望、悲しみ、悲哀、愛、感動……。小説という物語の形式の中で、安全な距離を保ちながらさまざまな感情を経験することは、世界に対する私たちの視野を広げ、人間への理解を深めさせ、人生を豊かなものにしてくれる。

ヨンジュン 僕もやはり、良い小説とは何かと聞かれたら、

すぐさま「面白い小説」だと答える。もちろん、ここで言う面白さとは「funny」という限られた意味のものではない。魅力とでも言おうか。これも曖昧だが、ほかに表現が見当たらない（笑）。ところで、「物語の意味」とは具体的に何を指すのか。

チョン　意味とは、さっき言った「物語の魂」だ。物語は、面白さと意味が一つの線上で出会う瞬間に向かって進む。作家には、読者をそこまで引っ張っていく責任がある。意味が隠れている絶頂まで、頁をめくらせなければならない。そのために、できることをすべてやる。話が長くなったが、質問への答えはこうだ。私は、前述したことをやるのに死ぬほど忙しい。何かを区分したりするのは彼らの仕事であって、私の仕事ではない。

ヨンジュン　その通りだ。読み手の仕事であって、書き手の仕事ではない。僕の思い通りに読み、区分してくれるはずもないのだから。ところで、読者の感想やフィードバックに触れるとき、どんな気分か。僕の場合、誰かが僕の小説について芳しくない評をすると、悲しくなって落ち込むが、あなたは？

チョン　当然落ち込む。自分の小説が世に出て批判されると思うと怖い。だが作家はそのプレッシャーに耐えなければならない。耐えられないならペンを折るべきだ。はたまた誰かさんのように、書いた小説を自宅の金庫に隠しておくか。問題は、頭ではわかっていても、行動が伴わないという点だ。実際に非難にさらされると、私はほぼ卒倒状態になる（笑）。恥ずかしいし、意気消沈するし、悲しい。ハエのように壁にとまったまま飢え死にしたい気分になる。そのたびに、私の

小説を愛し、支持してくれる人たちを思い浮かべる。ヒマラヤのアンナプルナで会った読者、手紙を送ってくれた読者、サイン会で恥ずかしそうに握手を求めてくれた読者、新作を待っていてくれる読者……彼らに生かされていると感じる。

ヨンジュン　これまで出会った読者、または読者からのフィードバックの中で、いちばん励ましになったもの、あるいは印象的だったものがあれば紹介してほしい。

チョン　「チョン・ユジョンに、100歳まで長生きして創作意欲を燃やしてほしい」というのがあった。感激のあまり、パソコンに向かって「はい」と答えた。

ヨンジュン　ずばり同感だ。100歳と言わず200歳まで生きて、燃えるような作品を書いてほしい。だが、それが容易でないこともよくわかっている。小説を書いている後輩として、そういった部分についてあなたに相談するなら、どんなアドバイスをもらえるか。

チョン　世界中の人に好かれる小説はない。いや、皆に好かれる小説を書くこと自体が不可能だ。自分が書きたいものを書き、読者に好かれることを祈るしかない。申し訳ないが、言ってあげられるのはそれだけだ。

ヨンジュン　これまでに会った誰よりも前向きで楽天的だ。

チョン　よくそう言われる（笑）。楽天的に見えると。私自身は悲観的に見えると思っている（笑）。

ヨンジュン　見た目が喜劇か悲劇かなら、僕たちのほとんどが悲劇的だ。ああ、胸が痛い（笑）。本を出版する前に作品を読んでくれる友人はいるか。

チョン　初稿のモニターをしてくれる友人が二人いる。一人は顕微鏡のような人。構成上の穴がないか、話の流れに無理

はないか、シーンや事件の配置は適切か、場面転換は自然か、読者を惹きつけられているか、文章は精密に練り上げられているかなどを細かく見てくれる。もう一人は望遠鏡のような人だ。メインプロットがうまく作動しているか、サブプロットとの関係は有機的か、事件が因果性を持って話に溶け込んでいるか、感情と描写がうまく連動しているか、ストーリーの流れとスピードがかみ合っているか、キャラクターの弱点は何か、まいた種を回収できているかなど……。顕微鏡役の友人が仲間だとすれば、望遠鏡役の友人は物語をどう編んでいくべきか教えてくれる先生だ。

ヨンジュン　本当に羨ましい。そんな友人がいるとは。

チョン　それで終わりではない。脱稿した原稿を出版社に送ると、編集部から新たな意見が出る。最後の校正の際に反映すべき意見だ。

ヨンジュン　そこまで苦心を重ねた末にオッケーとなれば、ひとまず作家としては心強そうだ。

チョン　そうだ。通るべき関門をすべてパスしたのだから。

ヨンジュン　個人的には、その点が韓国の出版界の残念なところだ。編集者の役割が小さすぎる。全員とはいわなくても、大部分が作家の文章を校正する程度にとどまっている。もちろんそれ以前に、他人の意見を受け入れないという作家側の姿勢に問題がある。構成やモチーフについての意見を交わす会議を開いたり、一緒に悩んだりする文化が生まれるといいのだが。

チョン　私の場合は、そういった点について、出版社との葛藤はほとんどなかった。編集部会議で積極的な意見が交わされ、私はそれを最終校正に反映する。そうすると心強い。世

に出る準備は完了というわけだ。

ヨンジュン　僕にもいつか、そのメンバーを紹介してほしい。

＃4

　ふと、歌手のチャン・サイク＊を思い出した。先に出た、「꾼」の定義はこうだ。「あること、とりわけ好きなものに長けた人を指す言葉」。つまり、「꾼」はある分野の仕事を楽しみながら、同時にそれに長けている人を指す。チョン・ユジョンと話しているうちにチャン・サイクを思い出したのは、「꾼」としての相似点もあるが、経歴が似ているからだ。彼は音楽とは無関係の仕事を転々としたのち、46歳で歌を始めた。彼は身にしみついた仕事の慣習や人生が導くままには生きなかった。生まれ持った気質をどうしても捨てられず、結局はその気質に導かれるようにして運命を翻し、歌手になった。そういった点でチョン・ユジョンに似ている。与えられた環境は小説への道をはばんだが、小説は彼女を見放さなかった。彼女は最終的に、望み通り「꾼」になったのだから。

ヨンジュン　小説の話ばかりになってしまった。小説以外に興味のあることは？

チョン　ない。

ヨンジュン　ない？　あまりの即答に面食らってしまう。

＊　1949〜。『찔레꽃（野バラ）』などで知られる韓国の国民的歌手

『種の起源』を書き終えて、次回作を構想し執筆する前に何をするのか知りたいが、特にないのか。

チョン　体力づくりをする。

ヨンジュン　体力づくり？　まさかそれも、小説を書くため？

チョン　表向きはそうだ。実際は……長生きしようかと思って。

ヨンジュン　呆れた。小説以外は興味がなく、何をするにも小説のためとは。まったく、突き進む「電車」というあだ名そのものだ。話は変わるが、デビュー前、つまり本格的に小説を書くまでは文章を書いていなかった？

チョン　書いていた。当時は、自分が本を出せば世界がひっくり返ると信じていた。公募に11回落ちて、それが自分一人の思い込みだと気づかされた。

ヨンジュン　11回落ちた？

チョン　長編の公募だ。実は、文壇デビュー前に3冊の小説を出版している。2000年8月、最初に出たのが『11歳のジョンウン』だ。小説の形をとってはいるが、中身は幼いころの回顧談に近い。その原稿を本にしてくれた出版社の編集

長に、文学賞への応募を勧められた。韓国では何かしらの文学賞に入選しなければ、作家としてまともに取り合ってもらえないと言われた。正直にいえば、それまでの私にはそんな常識もなかった。

ヨンジュン　当時、何歳？

チョン　満34歳だった。その後2冊の小説が同じ出版社から出たが、どれも公募で落選したものを、大衆的な感覚に書き直したものだ。3冊目の『魔法の時間』は、私にとって意味深い小説だ。「物語を物語った初めての小説」とでも言おうか。1980年の光州の中心部が背景で、『私の人生のスプリングキャンプ』と体裁は似ているが、情緒はまったく異なる。

ヨンジュン　小説という枠組みを意識して書いたのは、30代半ばということか。

チョン　そうなる。物語について学び、悩んで、自分なりの形と枠を作り上げたのは、文壇デビュー作となった『私の人生のスプリングキャンプ』で、当時40歳だった。

ヨンジュン　40歳とは。実は、遅くに小説を書き始めた方たちが年齢を気にするとき、必ず挙がるのがあなたの名前だ。それはそうと、同じ作家として聞きたい。どうしたら筆力を鍛えられるか。

チョン　そんなものがあるならこっちが教えてほしい。（あえて言うなら）作家は、物語の形式を支配しなければならない。「この物語をこういった枠の中で具現する」と決めたら、その形式を完璧に理解し操る。スリラー、ファンタジー、成長小説、どれにしても。作家の自己表現はそのあとだ。

ヨンジュン　話しぶりからして、講演が得意そうだ。読者からよくされる質問は何か。その答えは。

チョン　いつインスピレーションを得るのか。小説をどう書いたらいいか。どう書けば面白くなるのか。残念ながら、私はインスピレーションを得たことがない。小説を書く秘訣についても、明確な答えはない。そんな立場にもないし、物語についての秘訣も知らない。言えるのは、人間の頭で生み出されるほとんどの物語は、すでにずっと昔からこの世に存在するということぐらい。私たちは、すでに知っている物語を絶え間なく「変奏」しているわけだ。

ヨンジュン　うまく書ける秘訣はないのに、誰が書いてもうまく書けるわけではない。それこそが謎だ。秘訣はないという仮定のもとに、もう少し具体的に答えるなら？

チョン　物語とは、生についてのメタファーだ。抽象と現実からなる隠喩。ある人物を物語に登場させる場合、登場以前の人生までも構想しなければならない。そこから物語に使う部分を切り取るのが、抽象化の作業。選択基準は作家によって異なるだろうが、私は「事件」となる部分を選ぶ。ここにディテールと迫真性をほどこすのが具体化の作業だ。幅広い知識が必要とされ、バランス感覚も要する。想像と現実の合間でバランスをとれば、強力な物語が生まれる。

ヨンジュン　誰かに質問されたら、僕もそう話してあげよう（笑）。ほかの芸術をやりたいと思ったことはあるか。あるいは、違ったタイプの文章を書きたいと思ったことは？

チョン　ない。

ヨンジュン　小説家に必要な3か条は何かと聞かれたことがある。簡単なようで、難しい質問だった。僕の答えはこうだ。一つ目は「次回作はうまく書けるという楽観」、二つ目は「健筆よりも健康」、最後は「これはすばらしい仕事なの

だということを疑わないこと」。あなたにも同じ質問をしたい。小説家にとって最も大事な3か条とは?

チョン 体力、欲望、節制だ。体力は自分の体を動かす動力であり、欲望は精神を動かすエンジンだ。節制とは、書きたい通りに書かないこと。忍耐と同義語だ。思い浮かぶ話、書きたい文章、加えたい説明を我慢する力が必要だ。

ヨンジュン インタビューの準備中、大笑いした。ソメク＊を1杯飲んで床に就き、深夜3時に起きて原稿を書くという部分だ。創意力と想像力をつかさどる右脳が最も活発な時間帯と知って身につけた習慣だと。興味を惹かれたのは、小説がよく書けるという理由だけで習慣を変え、睡眠時間までも変える決断力と実行力だ。「創意力と想像力が高まる? それなら真夜中に起きてみよう」と。小説のために生活を設計するとは、ものすごいプロ意識だ。

チョン プロ意識というより「何かに対する態度」と言えるだろう。習作を始めながら、いくつかの習慣をやめたり変えたりしたのだが、睡眠パターンもその一つだ。創意力と集中力を高めるホルモンが早朝に最も活発に分泌されるというニュースを見て、試しに始めてみたら、ラッキーなことに私に合っていた。もともと朝方人間だったのかと思われるほどに。私の日常は単純だ。早朝3時に起きてコーヒーを飲み、顔を洗って、トイレに行ったら、机の前に座ってイヤホンをつける。好きな音楽（主にメタル）を聴きながら、完璧な覚醒を待つ。その間、ありとあらゆるとんちんかんな想像が頭を駆けめぐる。使えるものは多くないが、意識が自由になる効

***

＊ 韓国焼酎（ソジュ）とビール（メクチュ）を混ぜたもの

果はあるようだ。重要な部分を書いたり、筆が進むのはたいてい午前中だから。午後は集中力が落ちるので、午前の作業を見直したり、読書や運動をして過ごす。このパターンが崩れると不安になる。水泳を習いはじめてからは午前中に運動をするようになった。パターンの変化に慣れ、不安を感じなくなるまでに数か月かかった。

ヨンジュン その言葉が印象的だと思った理由は、「こうすれば筆が進む」という情報を、作家たちが知らないわけではないからだ。知りつつも、怠けぐせや気が散るせいで書けないのに、あなたの姿勢はとてつもなく純粋でストレートだ。生活と執筆の間を健康に行き来しているようで、羨ましいとさえ思う。

チョン 肝心の「書くこと」についてはまだプロではない。私にとって小説は、常に不慣れな恐ろしいものだ。新しい作品を書くたびに、初めて臨むような気分になる。スコップ一つを手にアラスカの雪野原に立たされているような。ほとんど素手で荒野に町を作らねばならないのだと途方に暮れる。と同時に、解決すべきは、自分自身に課した課題だ。『私の心臓を撃て』では、精神病患者の内面を扱うため、主人公の混乱した内面に入り込むことが課題だった。『七年の夜』ではスリラーというジャンルに初挑戦し、「立体的な女性キャラクターづくり」という小課題もあった。『私の心臓を撃て』を発表後、ある評論家に「女性キャラクターの奥行きが浅い」と指摘され、『七年の夜』ではそれを克服したかった。そうして誕生したのが、カン・ウンジュだ。

ヨンジュン ああ、とても好きなキャラクターだ。

チョン 強靭で、がめつく、小憎たらしいが、読者に憐憫と

理解を抱かせる人物にしたかった。『28』の課題は、自分の限界まで物語を広げることだった。6人の話者、六つの視点、六つのサブプロット、それを一つのメインストーリーに仕立てる作業。『種の起源』はその反対だ。シンプルな設定と描写、最小限の登場人物、閉鎖された空間と短い時間の中で、主人公の奥の奥まで入り込むというプランを立てた。

ヨンジュン 小説を書きながら、作家自らが実験し続けているということか。一種の自己研鑽（けんさん）のように。

チョン 2007年の文壇デビューから、今年（2016年）で丸9年になる。一般的に、デビュー10年までが新人と言われる。それまでにできることをやり尽くそうという思いがある。

ヨンジュン 残り1年ということか。これからのプランを聞きたい。いまが実験の最後のチャンスだが。

チョン 新人として世に送り出せるのは『種の起源』が最後ではないかと思う。もっとたくさん書きたいが……難しいだろう。何より、作品の出来不出来にむらが出ないか不安だ。

ヨンジュン むらがあってはならないと考えるのか。それとも、遅くても作品一つひとつを一定のレベルに引き上げるまで、時間をかけて書かねばならないと？

チョン 作家としての希望は、死ぬまで、一定の間隔で、一定レベルの小説を生み出すことだ。さらに言うなら、前作よりもいいと評価されたい。

ヨンジュン となれば、むらは許されなさそうだ。しかも、前作を超えなければならないのだから。

チョン そのためには健康が必須だ。

ヨンジュン ああ……そのためには健康が必須……。何か熱心な信者を見ているような敬虔ささえ感じる。

チョン　私は 20 代を「生き残る」ために生きた。会社勤め、母の看護、きょうだいの世話……夢を見られる環境ではなかった。自分だけの人生を生きられるいまこの瞬間が、とても大切だ。

ヨンジュン　小説を書く前も、友人の宿題を肩代わりするなどして文章を書いていたと聞いた。本格的に小説を書きはじめる前から、書くことについての勘といおうか、緊張の糸といおうか、そういったものを保ちながら生きてきたのではないか。

チョン　昔から作家になるのが夢だった。母は私が医者になることを望んだが、成績は芳しくなかった。看護科に進んでからも未練を捨てられず、国文科の友人の講義に代わりに出たり、課題を書いてあげたりしていた。そのうち、初めて私を認めてくれる先生に出会った。全 南大学の教授だったが、光州民主化抗争のときに解雇され、うちの大学で講義していた。2 学期にわたって「教養国語」を教えてくれた。おそらく中間テストのときだったと思う。私たちは問題用紙の代わりに白紙を渡され、教授が黒板に「顔」と書くのを呆然と眺めた。それが試験問題だった。「文を書こうが絵を描こうが、好きにしろ」と言われ、50 分で白紙の表裏をぎっしり埋めた。1 週間後、教授に呼び出され、習作ノートを持ってこいと言われた。ノートがあるのかどうかも確かめずにそう言ったところを見ると、あると予想していたらしい。その通り、それまで友人たちの代わりに書いた課題や感想文、散文を書きためたノートがあったので、それを見せた。恥ずかしかったが、読んで評価してほしいという気持ちの方が大きかったように思う。1 週間後、教授に聞かれた。国文科に移る気は

ストーリーテラーの起源

チョン・ユジョン

ないかと。母が反対するのだと話しながら、危うく泣きそう
になった。こう見えて、実は涙もろい。

　そのときの教授の言葉が、長い間自分自身を信じる根拠と
なった。文章のうまい学生は数え切れないほど見てきたが、
物語を書ける学生に会ったのは初めてだと。あきらめず、少
しの間だけ夢をしまっておくようにと言われた。将来作家に
なったら、訪ねてこいと……。私が作家になったときには、
すでに亡くなられていた。

ヨンジュン　印象的なエピソードだ。そこまで反対していた
小説をいまあなたが書いていることを、お母さんはどう思っ
ているのだろう。そして、その先生がいまのあなたを見たら、
どんなに喜ぶだろう。子どものころから、いわゆる筆力とい
うものを備えていたのに、デビューまでの空白がこんなに長
かったことが不思議なほどだ。耐えるのもたいへんだったろ
う。

チョン　耐える以外に道がなければ耐えるしかない。もちろ
ん、書くことは続けていた。映画や本のレビュー、短い小説、
描写の練習もした。たとえば、1匹のゴキブリがベッドの下
から現れてタンスの下へ消えるまでの過程を、3、4頁にわ
たって書く練習だ。

ヨンジュン　いつか小説を書くためのウォーミングアップの
ようなものだったのか。それとも、その瞬間瞬間を書かずに
はいられない習慣のようなもの？

チョン　習慣だと思う。いつか小説家になりたいとは思って
いたが、「いつか」のための行為ではなかった。

ヨンジュン　『私の心臓を撃て』が映画化された。さらに
『七年の夜』も映画化される＊と記事で読んだ。自分が書い

た小説が映画になるのは、どんな気分か。そういえば、小説が海外で翻訳出版されたときの気分を聞いていたはずだったが（笑）。僕にはよくわからない感情なので、知りたい。僕の小説も映画化されたらとまでは、おこがましくて言えないが。

チョン　自分の書いた物語が肉体を得て世に現れるのは、不思議な気分だ。監督の選択を見守るのも楽しい。同じ話でも、視点が変われば解釈が異なり、解釈が異なればまったく違う世界が作られる。『私の心臓を撃て』の場合、興行成績は良くなかったが、私は十分に楽しめた。それがすべてだ。

ヨンジュン　スティーヴン・キングは、アメリカ文学はいま、挑戦を前にしていると言う。あふれるほどのナラティブが存在し、こういった変化を前に、文学はどうあるべきかを問い、それに備えなければならないと。僕が思うに、それ以上に大きな問題は、文学が初めから他ジャンルの下地となることを念頭に置いて創作されていること、さらに、小説が、そもそも映画化される前の２次テキストに転落しているのではないかということだ。最終形態は映画で、小説は物語を保存しまとめておくという、順序立てられたストーリーになりつつあるような印象とでも言おうか。もちろん、大げさに言えばの話だ。だが、小説と映画はナラティブにおいてまったく異なるジャンルだから、小説が映画のための物語としてのみ使われるのは問題ではないかと思う。

チョン　小説と映画は、互換できるジャンルという点で活発な交流がある。ただ、小説が映画の２次テキストに転落す

＊　2018年3月に韓国で、同年11月に日本で公開

るのを懸念するほどであるかについては疑問だ。個人的には、映画化を前提に小説を書くことを問題だとは思わない。そうしたければそうすればいい。ただ、私の場合は違う。おそらく韓国で、「映画化を狙って書いている」と最も疑われている作家は私ではないかと思うが、この機会に言っておきたい。信じてくれればありがたいし、信じてもらえなくても仕方ないが……私は映画化を念頭に置いて小説を書いてはいない。

ヨンジュン　そうしようとして、できるものでもない。おそらく、小説を書いたことのない人が陥りやすい発想なのではないか。映画と言わず、心の中にあるものを文章で表し、意図を小説に示すだけでも、たやすいことではない。小説の広く知られた普遍的な定義は、「架空の物語」だ。ところが、考えてみれば、僕たちの周りにあるほとんどすべてのナラティブがこの定義にあてはまる。ドラマ、デジタルコミック、映画、すべてが架空の物語だ。大事なのは物語自体ではなく、その扱い方なのだろう。あなたの言う通り、物語自体はほかのジャンルとも交流できるが、いったん小説として書かれた物語の小説的な特徴は、物語を再現するだけでは生きてこない。小説が映画に、映画が小説に、デジタルコミックが映画や小説になる時代だ。だがそれは、すべて独立した作業と形式で作られた別々の作品にすぎない。こういった状況の中で、小説を書く心境とはいかなるものか。

チョン　ナラティブの最高峰にあるのが文学だ。生についてのメタファー、そして人間を丸裸にする作業がナラティブであるなら、人間と生と世界をひっくるめてたとえられるのは、文学というジャンルのみだろう。そして私は、文学の中心にいる。私は小説家だ。

#5

　僕たちは光州で会い、翌日は木浦を回りながら対談した。ここに載っているのは、インタビューのごく一部だ。初めはインタビューという名目で、ことさらまじめに言葉を交わしていた。だが、いつしかレコーダーを切り、ノートとペンを置いておしゃべりするようになった。つまり「オフレコ」状態なのだが、そのときの会話を思い出す。インタビューにまとめられないほどバカげていて些細な、だからこそいっそう深くて濃い、本心からの言葉だった。当初は聞き役だったが、光州への帰り道では僕から彼女に訴えていた。つらいことや、言葉にできない、いや、言葉にならない感情について。彼女は僕の話にじっくり耳を傾け、わかりやすい説明と手引きをしてくれた。最後にあえてこう付け足すのは、インタビュー全般にわたって僕が抱いていた気持ちについて述べたかったからだ。彼女のハートは澄みきっていて、嘘偽りのない感情をそのままに映し出していた。インタビューの中で僕が「ストレート」と表現した、その感触だ。実に正直で率直な作家。何よりも、そこが大好きになった。

2016年4月29日
光州市治 坪洞で
（『Axt』2016年7・8月号掲載）

チョン・ユジョン（丁柚井）

長編小説『私の人生のスプリングキャンプ』で第一回世界青
少年文学賞、『私の心臓を撃て』で第五回世界文学賞を受賞し
て文壇デビュー。長編小説に『七年の夜』（カン・バンファ訳、
書肆侃侃房）、『28』、『種の起源』（カン・バンファ訳、ハヤカ
ワ・ポケット・ミステリ）『ジニ、ジニ』、エッセーに『チョ
ン・ユジョンのヒマラヤ幻想彷徨』などがある。

インタビュアー　チョン・ヨンジュン（鄭容俊）

1981年、光州生まれ。朝鮮大学校ロシア語科卒業後、同大学
大学院文芸創作学科修了。2009年『現代文学』でデビュー。
短編集に『ガーナ』、『僕たちは血縁者じゃない』、長編小説に
『バベル』、『フロムトニオ』、『僕が話しているじゃないか』な
ど。邦訳に『宣陵散策』（藤田麗子訳、クオン）がある。若い
作家賞、黄元順文学賞受賞。現在はソウル芸術大学文芸創作科
で教鞭を取っている。

翻訳　カン・バンファ（姜芳華）

翻訳家、翻訳講師。訳書にチョン・ユジョン『七年の夜』、
ピョン・ヘヨン『ホール』、ペク・スリン『惨憺たる光』（書
肆侃侃房）、李箱ほか『韓国文学の源流　短編選3　失花』、キ
ム・ヘジン『オビー』（同、共訳）、チョン・ユジョン『種の起
源』（ハヤカワ・ポケット・ミステリ）、キム・チョヨブ『わた
したちが光の速さで進めないなら』（早川書房、共訳）など。

それでも
真実だけが
心の痛みを
和らげてくれる

コン・ジョン

文 ペク・カフム
写真 ペク・タフム

ティータイムのおしゃべり

ベク・カフム（以下、ベク） タバコやめてどのくらい経つんです？

コン・ジヨン（以下、コン） 7、8年かな。やめていなかったらいまごろたいへんだったでしょうね。タバコ吸いたさに外に出ることもできず、家に閉じこもってばかりいたに違いないから。このインタビューも多分、家でやっていたと思いますよ。

ベク 執筆はおもに家で？

コン ええ、平昌に小さな家があっていままではそこで夏を過ごしていたんです。夏は最高です。いつか一度遊びに来てください。ただ、今年は私に予期せぬことばかり起きたし、高2の一番下の息子の食事の世話をしなきゃならなかったので、ほとんど平昌に行くことができなかった。

ベク 一番下の息子さんが高2ですか。受験生の親としては忙しいときですね。

コン 一生懸命勉強する子なら、塾に行って家にいないから時間もあるんでしょうが……うちの子はヨーロッパの高校生のように早く帰宅するから、世話する私の方もたいへん。

ベク 上のお子さんは娘さんばかり？

コン いいえ、娘と息子の2人。

ベク 今日は、あらかじめ準備をしてくると言ったけど、堅苦しいことは抜きにして楽に話してもらおうと思います。久しぶりにお会いできてうれしいです。

コン 楽に、それがいいですね。それに、私としては堅苦し

くてもべつにかまわない。堅苦しい質問をされても堅苦しく
答えるってわけじゃないから。

ペク おおよそ4つのカテゴリーで話を聞きたい。女性、
文学、政治、宗教。質問が多すぎて、みんな聞けるかどうか、
心配ですけど。

コン ちょっと多すぎますね。

ペク 『Axt』を読んだことがありますか? 元々の趣旨は良
かったけど、最近は批判も浴びている。それでも傾向として
は悪くないとは思っていますが。

コン 送ってもらったものを読みました。このくらいの価格
なら、定期購読してもいいかなと思いました。それにしても
何だか負担を感じるインタビューですね。

ペク 批評のない雑誌だから、率直な話が載せられます。重
要な論点が抜けたり隠されたりしないように、難しい点もあ
るけど、率直に語ってもらえばいいです。読者は敏感ですか
ら。

コン 率直さでは心配いらないです。前号を見たけど、雑誌
の趣旨が率直さなら、いまのままさらに前に進めばいいと思
う。私も読者と同じ考え。勇気を出していきましょう。

私は女性だ

ペク 次世代、つまり娘さんの世代を考えての質問ですが、
コンさんご本人が経験してきた女性としての人生でいま、何
がいちばん変わってほしいと思いますか?

コン いまって、自分のやりたいことをやりながら生計を立

てるのが難しい時代。自分のやりたいことをやりながら食べ
ていけたらどんなにいいだろうと思います。

ペク エッセイ集の『娘に捧げるレシピ』を読むと、個人的
な対象ではなく、社会全般に向かって語りかけているように
感じましたが……。

コン 確かに普遍的な面はあります。みんなを温かい食事で
応援したかった。そして自尊心を持ってほしかった。私がい
ま何とか耐えていられるのは、どんな場合にでも自分の尊厳
を認めようとしてきたからです。それがすべての出発点です。
娘に語りかけてはいるけれど、実は私自身に改めて言い聞か
せている言葉でもあるんです。でも、女性だけに変われとい
うのはつらすぎる。いまだにデートＤＶや職場内のセクハラ
が蔓延しているような社会で、女性が自尊心を取り戻すのは
難しい。人権などよりまず安全が求められるからです。

ペク 社会の保守化にともなって女性の人権も後退している
ようです。特に最近はデートＤＶが深刻。ずいぶん前に行っ
た女子大での講義で、彼氏に殴られた人はいるかと聞いたら、
一人もいなかった。そこで、質問を変えて、あなたたちの周
りや友だちの中で彼氏に殴られた人はいるかと聞いたら、正
確な平均数の手が挙がった。愛情について錯覚している男た
ちは、女性に対して幻想を抱いています。ただでさえ生きて
いくのがつらいのに、愛情という名で加えられる暴力が、こ
の社会ではあまりに広範囲、かつ頻繁に横行している。

コン それでも最近は少しましになったと思っていたので、
ショックですね。まあ、フェミニストと言っていた私も昔は
殴られてばかりいましたからね。でも、いまの時代に、なぜ
男に殴られなければならないんでしょう？　恋人を殴るやつ

はいったいどんな人間なのかしら？ それも夫婦でなく、恋人同士なのに……ありえない。

ペク 事実です。デートDVで３日に一人が殺されているという現状なんです。

コン 私があまりにほかのことに忙しくて、無関心すぎた。反省します。私の場合も突然相手が豹変して殴ってくるので、なんとも言いようがなかったし、自分ではどうしようもなかった。私は女性で、作家で、フェミニストだから、殴らないでくれとも言えないし。離れて暮らすか、離婚するしかなかった。その当時、フェミニストとしてまさに先頭に立っていた方が殴られていたと知って、驚いたことがありました。私一人に起きる、個人的な出来事ではないということに、さらに驚いた。女性の生活はまさに封建的でしたね。でも、それって20年も前の話ですから。デートDVだなんて、本当に驚きです。社会問題にもなっているようだし。本来は人権と法で解決すべき問題なんでしょうが、その前に認識の転換が必要だと思う。男たちがまず心を入れ替えなきゃならない。相対的には女性が弱いんだから。同様に、女性も認識を変えるべきでしょう。サディストにくっついていたら、マゾヒストになるしかない。男の攻撃性が強まれば、相対的に女性は受け身になり、被虐性が強まるしかないんです。まさに悪縁でしかなくなる。私の場合も、殴る男とすぐに別れられなかったのには、私自身の過ちの方が大きかったと思います。当時私の中に存在していた、ある種の不安や恐怖、もしくは社会的偽善、といったようなものに何度となく流されていたんです。でも、正解は一つ。間違っていることに気づいたら、正さなければならない。そのためにはとにかく別れることで

した。

ペク　韓国では小説でも、女性的観点はかなり受け身だと思われますが。

コン　前近代的です。

ペク　前近代的な新派的要素がいっそう現実を歪曲しているように見えますが。

コン　にもかかわらず、前近代的な小説が人気を博すのは受け身な女性が好まれるからでしょう。男たちは受け身な女性が好きだということ。言い換えればヘゲモニーを握っているのは男性で、その男性が選択したのが、受け身な女性だということです。たとえば、いわゆる進歩的活動家たちの中でも、小説『土地』＊ が評価されたことはありません。『土地』に出てくる西姫（ソヒ）は、わが文学の女性系譜からすると、とても先進的な女性。それなのに評価されないんです。韓国小説の女性像は服従のイメージが強い。西洋の小説を例に挙げましょう。『ボヴァリー夫人』や『テス』、『チャタレー夫人の恋人』のような小説に出てくる女性たちは、みんなどこか飛んでいる女性ばかり。このような小説が反乱を起こしていたころ、既存の文壇と妥協した女性キャラクターたちが他の作家によって描かれていなかったわけではない。ただ、妥協するような小説や女性キャラクターは、いま名前が残っていないというだけです。韓国文学も完全に滅びずに、まともになっていったら、やはり同じことが言えるのではないかしら。

　ときどき思うんですが、不当な権力に対して抵抗すること

＊　朴景利が1969年から1994年まで25年かけて書いた全20巻の大河小説。クオンの完訳プロジェクトが進行中で、2020年11月現在、12巻まで刊行されている

も必要だけど、昔のまま続いていく部分もあっていいと思う。小説を書く仲間の多くがこの雑誌を読んでいると聞きました。私が言いたいのは、文学で最も大事なのはモダニティーだということ。シェイクスピアの作品はいま読んでも、いまなりのモダニティーが蘇る。なぜならキャラクターが時代に埋もれていないからです。人間の本質を明らかにしているんです。時代が変わってもその時代に合うモダニティーが生まれるのが、生命力のある作品と言えるでしょう。『ロミオとジュリエット』も同じ。ジュリエットが「何を言っているの。いまは封建時代なのに、私があの男と一晩をともにするなんて無理です。お母さんに許しをもらわない限り、だめ」などと言ったとしたら、ジュリエットはいまの時代まで生き残ることはできなかったでしょう。『春香伝』の春香もそう。春香は「なぜ両班＊が、ああしろこうしろと指図するんですか。私は死んでも自分の意志を守ります」と言いました。そしてその言葉に命を賭けたんです。いまの小説の主人公たちは、いまだに春香を超えられずにいます。ところがよく考えてみると、その当時にほかの小説（もしくはパンソリ＊のキャラクターたち）がなかったわけではない。口伝された、ほかの物語もあった。でも、『春香伝』だけがしっかりと残った。なぜか。モダニティーのあるものだけが生き残ったんです。後輩たちに伝えたいことは、あまりまわりを気にせずに真の人間の本質を掘り下げていってほしいということです。それがモダニティーだし、作品の生命でしょう。

＊　高麗、および朝鮮王朝時代の特権的な官僚階級や身分
＊　日本の浪曲のように一人で話したり歌ったりしながら物語を伝える伝統芸能

ペク　女性の話が、いつのまにか小説内の女性の話になって論点を見失ってしまいました。もとに戻しましょう。

コン　ごめんなさい。わが家では、私が男たち（息子たち）の上に君臨しているから、女性についての問題といってもぴんと来ないんです（笑）。

ペク　前は女性の人権問題、韓国社会の中での女性の役割、地位、平等やフェミニズムといった焦点があったけど、いまは大きく変わってしまったようです。実際、下部社会がより保守化、階級化したし、そのせいか、女性問題の内容がはるかに深刻なものになりました。女性の人権が安定化したというより、女性が男性の下位階級に転落したかのような錯覚さえするほどです。どうやら社会の雰囲気と関係があるようです。以前に比べてより保守化した男性たちは、しきりに女性たちに説教しようとしている。あなたも保守派やメディアから攻撃されている印象が強いですが。

コン　前に、朝鮮日報をはじめとする保守的メディアがいったい何で私を攻撃するのか、その理由について、ずいぶん考えてみたことがあります。彼らがやたらと私を不快に思い、むかつく女に描写しようとムキになっているのを見て、いったい私の何が彼らを怒らせているんだろうと疑問に思ったんです。理由は二つにまとめられるんですが、一つは進歩的な政治観を持っていることへの批判であり、もう一つは私が女だからという理由でした。さらに率直に言えば、進歩的な政治観のためにというより、ただ女であるということで、いきり立っていたんです。女のくせに進歩的な政治観まで持っているので嫌いなんです。私が育った家庭ではそのようなことはなかったけど、結婚生活で前の夫たちに言われたのが、

「女のくせに。なんだ、その態度は」「女のくせにどうしてそんなに気が強いんだ」ということでした。「男のくせにどうしてそんなに気が強いんだ」などという言葉は、よほどでなければ使われません。私はこの類いの言葉に一時かなり傷つけられたものですが、それが平等な関係でないという意味合いから出た言葉と気づいてからは、気にしないことにしました。でも、それが問題の始まりだったようです。気にしないでいると、相手はいつまでたってもわかってくれないんです。私は自分の意見をはっきりと言う性分で、幼いときから人に被害を与えない人間になりたいというのがすべてでした。つまり、迷惑をかけない範囲内で私がやりたいことをやればいいと考えたんです。でもそれ自体が、たいそう突っかかってくる女だと思わせてしまったようで。実際私に会ってから私を嫌いになって排斥するのならかまわないけど、こんな女の存在自体が耐えられない、などと言われるのは、私にとって暴力以外の何ものでもありませんでした。

ペク　あなたに対するメディアの態度を見ると、あなたを社会の一員とか作家、活動家、政治的関係といった脈絡で見るのではなく、家父長的な男性たちが女性を抑圧する巨大な構図のように感じます。

コン　保守的メディアの私に対する記事は、私が関連した刑事事件のことにばかり言及していて（不幸にも過去数年間にそういう事件が何件もあるにはあったが）、私の作品についてはまったく書いてくれなかった。私は韓国文学ではそんなに知られていない存在でもないのに。朝鮮日報は『トガニ』のときから書かなくなりました。一度、大学の後輩の記者が訪ねて来たので「あなた、何しに来たの。記事一つ書きもしないくせ

に」と文句を言ってやったんです。以前、文学記事を書いてくれたときは仲がそんなに悪くなかったけど、記事の見出しに「3回離婚し、姓の違う3人の子どもを育てる作家」と書かれてから関係が悪くなりました。このフレーズが私を表現する、彼らの修飾語なんです。こうした明白な性差別表現には、いまとなってはさほど驚くこともなくなりました。似たような境遇の男性作家たちに対しては、離婚したとか、それが何回目だとかいう表現が使われているのを見たためしがありません。つまりイデオロギーの問題、進歩か保守かの問題ではなかったんです。保守的な家長にとって離婚というのは、とても脅威となるものらしいです。つまり家族観が崩壊すると考えたのです。すべてのことの理由が、気が強くて言うことを聞かない女にあると考えている。自分が完璧に君臨できる城が崩れ去る思いだったのかもしれません。女が姓の違う子どもたちを育てるというのは、彼らにとっては絶対あってはならないこと、だから彼らは私に対しては赤ペンで注意書

『トガニ　幼き瞳の告発』
（孔枝泳著、蓮池薫訳、新潮社）

きを書き添えなければならないんです。私に対する保守的メ
ディアの態度は、そういう意図から始まっています。

ペク それではその意図というのは、家父長的な権威のよう
なものが崩れるのが怖いからということなんですか?

コン 私が3回離婚してそれが話題になっていたころだっ
たので、そのときにわかったんです。私の不幸と悲しみがこ
の人たちには脅威になるということを。少し口うるさい女が
離婚をした、そんな些細なことで脅威を感じるということを
知ったんです。そして私が明るく生きていることが彼らの不
快さをさらに増すということも知りました。気落ちして小説
も書けず、アルコール依存症になって精神科に行っているは
ずなのに、堂々と政治的な発言までしているのが、我慢でき
なかったんじゃないでしょうか。

ペク 女性を、耳を傾けるべき存在とみなさない男性の方が
はるかに多いようですが。

コン そうではありません。ただ、何も考えずにいるだけだ
と思います。最近『アイヒマン』(ハンナ・アーレントの『エル
サレムのアイヒマン』)を読んで思ったことがあるんです。ハン
ナ・アーレントはこう言った。「すべての思考停止自体が悪」
だと。話は聞くけど、思考しない人が増えたんです。もし、
ある女性が小さい声で自分の主張をしたときに声の大きな男
性が「あの女うるさい!」と言ったら、すべての人が口を閉
ざし、話していた女性を眺めるでしょう。女性を見下す伝統
的思想、これに従う者は口を閉ざしてしまう。真実をはっき
りと知る前に、拒否してしまうんです。ただうるさいのが嫌
いなだけ。だから声の大きい男ではなく、女性に向かって言
いたくなる。「お前一人が静かにすればいい」と。

ペク　女性が話すこと自体が嫌だということですか？

コン　たとえば、私のような女が話すのも嫌だし、私に関する、ある種の事柄が話題に上がるのも嫌なんです、なぜなら自分の考えを少し変えなければならないからです。それがとても面倒臭い。私はこのすべての悪の根源の一つが怠慢にあると思います。その怠慢の中の一つが思考を嫌がること。一度何かに固定化されると、思考が楽になるからでしょう。ガリレオは地球が回ると言ったけど、人々はただ宇宙が回ると昔から信じてきたことを信じた方が楽だから、彼が破門されるとき誰も反対しなかった。そんな怠慢が歴史を後退させるんです。

ペク　一部のどうしようもない男たちのコンプレックスまでが、あなたに向かっているように見えます。あなたは聡明できれいで、名門大の出身だから。

コン　「イルベ」＊ を例に挙げると、これは絶対に偶然に生まれた男たちの反感ではないことが確信できます。私はある

＊　右派系サイト「日刊ベスト」掲示板の略語

巨大な組織が裏でかなりの部分を支えていると思います。保守政権や保守メディアの行動は似ている。以前、朝鮮日報のインタビューを受けたことがあるけど、あとで記事を見ると目をつぶった写真を大きく掲載していたんです。それも上品に目をつぶっているのではなく、笑い出してしまいそうな写真でした。一種のイメージ誘導でしょう。イルベを陰で支援している主体が誰であり、運営しているのが誰かということが問題の鍵です。一部の男たちによって始まり、だんだんその病気が広まっている。イルベに誰がお金を出しているのかを明らかにしなければならないでしょう。特に私に対する「暴力」は李明博政権以降、強まりました。公に文在寅候補を支持し、しかもそれが女性だったから目立ったんでしょう。反対者たちに私は標的にされた。彼らには目障りな女だったんです。

ペク 考えてみれば、大統領選挙が終わってからあなたと会うのは初めてです。もう３年が過ぎている。

コン 弘大あたりで酒を浴びるほど飲んだのが最後だったと思う。最後に大っぴらに外出をした日でした。人生なんてそんなもの。しかし、とにかく生きていかなきゃならない。最近、フランス革命以後のヨーロッパ史を題材にした漫画を読んでいるんだけど、感じることは、私はその時代に生きていたとしてもまったく同じようなことを話していただろうということ。フランス革命以降、大反動期が訪れるけど、革命精神は決して消えることはなかった。いま私たちはそんな大反動期にいると思うんです。私は人間の精神を信じたい。私は女性としての自由を味わった。女性も平等で同じ人間であることを味わった以上、場合によっては男に服従するときも

あるかもしれないけど、精神だけは絶対に失わない。いまのこの時期をぐっと耐えしのばなきゃならないと思っています。

ペク　80年代の経験がいまの考えに影響を与えているんですか？

コン　それは違う。世界の現代史と内面の成長過程を見て気づいたんです。歴史と個人、すなわち世界は絶えず前進と後退をくり返す。時には望んでいなかったことを経験して自尊心が後退することもあるけど、どん底までは落ちないようです。ときどき後輩たちに「たくさん悩み、たくさん考えたりもしたけど、堂々めぐりでした」と言われると、私はすべての精神は螺旋形に発展するものだと答えます。螺旋形の発展、もしくは螺旋形の後退が宇宙の本質なんです。だから発展していても、あまりよくわからない。螺旋形では縦と横がある時点で交わるために、そのとき目に見えた感じがするだけです。それでも私は前進していると信じている。一部の極右や反動勢力はわが国を限りなくどん底へ、もしくは過去へ引きずり下ろそうと躍起になっているけど、彼らにも絶対に引きずり下ろせないものがあるはずなんです。

ペク　最近起きている歴史教科書国定化の議論についても同じ考えですか？

コン　金大中、盧武鉉という歴史上かつてなかった改革政権が過ぎ去り、反動期が来るだろうと考えていました。歴史というのは決して前にばかり進むものではないということを私たちは教科書を通じても学んだ。改めて歴史を通して言うなら、史草＊に手を加える統治者は決して良くは記憶され

＊　朝鮮王朝時代に史官によって記された『朝鮮王朝実録』の草稿

ないということを言いたい。そういう意味で政府は任期もいくらも残っていないのに、このようなことを繰り広げるのは非常に愚かなことだとしか思えません。大きな枠で考えれば、今回のことは歴史の後退ではない。この反動も前に進むための振幅だと考えます。最近、京郷新聞に寄稿したファン・ヒョンサン先生の記事が良かった。最後にこういう言葉が出てきます。「地獄を地獄だと認識すれば、すでに地獄を抜け出ているということだ。すなわちヘル朝鮮＊という言葉ですでに地獄を認識しているのであれば、私たちはすでに地獄から抜け出しているということだし、希望も依然として残っているという意味だ」。これを読んで私は涙が出ました。この言葉は地獄のような現実の中で地獄を認識したことで、そこから抜け出すための第一歩を踏み出し、最後には希望について話せる人たちがいる。その希望は豊かに暮らすことではなく、もう少し人間らしくなろうというもので、そんな希望を持って生きようということです。

ペク 反動に対する姿勢では、多くの人が傍観する傾向がとても強かった。期待もしなかったし、より絶望的でしたね。代替となるべき野党もあまり変わりがありませんでした。

コン 最近、野党についてよく思っていません。私の尊敬する、ある教授が言っていました。好きだとか嫌いだとか言わずに、一度押したら変わるまで押してやってほしい、あの盲目的な保守勢力を見ろ、と。そうだと思います。でも、野党があんなに紳士的である必要はありません。いまは、紳士的

＊　激しい受験競争、若者の就業率の低下、自殺率の高さなど、韓国社会の生きづらさを表したスラング。地獄（hell）のような朝鮮という意味

にやっている場合ではない。

ペク　そうです。私も同じ思い。野党は野性を取り戻すべきです。

コン　ローマ教皇はかつてこう言いました。貧しく不合理な状況に置かれた人たちに対しては、優しいまなざしで涙を流し、真理から外れた聖職者たちに対しては、例外なく、厳しい視線で、容赦なく切り捨ててしまえと。とてもすばらしいでしょう。そんな野性を回復すべきなんです。

ペク　最近、教皇がアメリカ議会で演説した内容を読みましたが、あの表現のすばらしさは、今年書かれたどの文学作品も及ばないと思います。

コン　そうです。言葉や文章にはその人の精神が表れる。当然だと思います。

いじめだったし、いまもいじめだ

ペク 幼いころいじめられたというけど、本当ですか？人気者だったように思えますが。

コン けっこう偉そうにしていたからいじめられました（笑）。数年前に偶然、高校のころの同級生に会ったけど、かわいい子が偉そうにふるまっていたので、うちのクラス69人がみんなで私をいじめたと言っていました（笑）。

ペク それは本当ですか？

コン 私の方も、あんたたちとは遊ばないって言っていたけど、実はとてもつらかった。傷ついたことも多かったので、憎かったようです。幼いときからそうだったから、ちょっとしたいじめは気にせずにいたけど、うまくいかない場合もありました。ご存じかわからないけど、私は作家デビュー当時からいじめられ、（インターネットの）書き込みに苦しめられました。文壇においてもあまり、変わらなかったんです。顔で本を売っているといじめられ（笑）、その次は政治運動をダシに本を売っているといじめられ（笑）、またフェミニズムが理由になったり、いま思えば、本当におかしな話です。いまはもう亡くなったある女性作家が私に面と向かって「コン・ジヨンさんは顔がきれいだから本がたくさん売れるそうですが」と露骨に話してきたことがありました。立派な方だと思っていたのに、レベルを疑う言葉でした。私を作家として批判するときに最も使いやすい言葉だったようです。文壇とはうまくやっていたつもりだったのに、いじめられていることにそのとき初めて気づきました。

ペク　いま、ほかから加えられている「暴力」の雰囲気と似ていますね。

コン　そうです。そのことで私は精神科に通わなければならなかった。けど、いい機会だったとも思います。私自身の考え方をしっかりと確立できたからです。私自身がいじめられることよりもっと傷ついたことがあります。末っ子がインターネット上で私のことを読んでつらくて苦しいと言ったんです。愛する家族がそんな目に遭うのを見ると、もともとの傷も大きいけど、さらに大きな傷になりました。とてもつらく、母親として失意に陥りました。私がうちの子どもたちを苦しめたことだけでもすまなくて仕方がないのに、外からの攻撃まで……。もう腹が立って我慢できませんでした。じっとしていたらだめだと決心しました。虚偽と悪意の記事を書いている人たちを見つけ出して、やっつけてやろうと心に決めたんです。手間のかかる、たいへんなことだとわかっていたけど、必ず探し出してやり返してやろうと。

ペク　それで見つけて懲らしめてやりましたか?

コン　ええ。ところが見つけ出してみると、そのほとんどが信念などかけらもない人間たちでした。目の前に強い相手が現れたら、すぐさま変節してしまうような人たちだったんです。おそらく、突然民主政権が登場して攻勢に出たら、彼らはすぐに悔い改めることでしょう。

ペク　なら、いったいどうして彼らはそんなことをするんですか?

コン　ある人が突然私にメールを送ってきました。怯えながら一度だけ自分を許してくれという内容でした。私が掲示板の書き込みを調査して犯人を突き止め、懲らしめるだろうと

いううわさが立っていたようです。長々と言い訳を並べたてるので、いったいどうしてこんなことをするのかと聞いたら、自分は田舎に住む浪人生で勉強もできず、ストレスが溜まってイライラしていた。そんなとき、偶然そのサイトに入り、みんなが先生を攻撃しているのを知った。それで自分もやってもいいんだなと思ったと言っていました。ほとんどがそういう人たちなのだろうなと思います。ただ面白くてやっているだけです。この面白さには哲学も政治観も関係ない。実体のない虚像にすぎないんです。

ペク ほとんどが子どもだということですか。

コン 子どももいるし、大人もいたでしょう。自分の判断に基づいて、私が悪い女で嫌いだと言うのならまだいい。彼らにも非難する自由があるからです。でも、私はそんな悪い女でもないし、彼らも私という人間をそんなに嫌うほど私に関心があるとも思えない。非常に腹が立つのも、また逆に彼らが理解できるのもその部分です。結局は政治や権力の意図のようなものが、私に影響を与え、私と私の子どもたちを傷つけているのだと判断しました。

彼女と歩いた。
切 頭山は聖地であり、彼女は信者だ

ペク ところで、最近興味を持っていることは何ですか？

コン 小説です。何と言ったらいいでしょう、もう小説に何も望んでいないから、面白いと感じるんです。私たちは人の目を気にして生きるしかない。それがすべて悪いわけではな

いけど、それでもそのうち不必要なものを一つずつ見つけて捨てていくと、とても自由になり面白いことが増えたんです。私が最後まで気を使っていたのはカトリック教会でした。こうなるとは思わなかったんですけど。危険だということは知っていたけど、教誨師＊解嘱の件でカトリック教会と摩擦が生じました。5年ぶりにカトリックを非難しました。神様、これだけは絶対に告解でも自分が悪かったとは言わないつもりですと、お祈りもした。カトリックを批判すれば自分が本当に孤立してしまうのは明らかでしたが、仲間外れにされるのも私の運命だと思いました。

ペク 神との問題ではないから大丈夫ですよ。

コン アッシジのフランチェスコやマザーテレサのような聖人も当時、教会の官僚たちと対立していました。これは決して、私がそのような立派な聖人と同じだという意味ではない。真理、いや、真理どころか真実、いや、真実ということでもなく、嘘ではないところへ進む道なら、進まないわけにはいかない。真理に向かう道は常に茨の道だけど、そこを進む人たちがいたから、いまの私たちもいます。それでもカトリックはまだ健全な方だと思う。だからこそ批判する価値もあると思うんです。『私たちの幸せな時間』以降、私はもう自由に暮らそうと心に決めました。そのとき、頭にあるイメージが浮かびました。「血にまみれた素足」でした。怖かったです。当時私は自由に暮らそうとすると、自分の足が血にまみれると思っていました。ところが、それが実際に自由の道を

＊　法務部長官の委嘱を受けて刑務所、拘置所などで受刑者への徳性教育に参加する民間ボランティア。委嘱期間は3年で、活動実績に応じて再委嘱される

『私たちの幸せな時間』(孔枝泳著、蓮池薫訳、新潮社)

歩いてみると痛いことは痛いけど、その都度塗る薬もあるし、負ぶってくれる人もいたので、思っていたほど血にまみれることはなかったんです(笑)。

ペク コンさんは、このほど13年間死刑囚を世話し奉仕してきた教誨師職を、釈然としない理由で解嘱されましたね。死刑囚たちにとって教誨師とはどんな存在ですか。再委嘱されなかったことへの正直な思いは複雑だったと思いますが。

コン 13年間拘置所に出入りしながら収容者に奉仕というか、相談というか、そういうことをやっていました。教誨師は何の報酬もない仕事。それなのに歴史上、中途解嘱されたのは私が初めてだったそうです。理由を聞くと、私の資質の問題だと言われました。呆れてしまいます。10年前に、歳を取って教誨師を実質上できなくなった人が解嘱してくれと何度も申し立てたのにもかかわらず未だ解嘱していない法務省が、私だけは解嘱したんです。気分は良くなかった。思想チェックを受けたような気持ちでした。法務省は民間人の身

分でも可能なので、いくらでも続けてくれと言います。ただ政府が発給する証明書は、これ以上発給できないという意味です。政府が「いい人」と認める証明書は、私には出せないということ。少し前に民間人の身分で拘置所に行ってきました。中東呼吸器症候群（MERS）の流行のために数か月行けなかったけど、久しぶりに行ったら、拘置所の人たちもとても喜んでくれました。

ペク　私だったら、耐えられなかったでしょう。あなた個人がとんでもない暴力を加えられているだけでなく、ほかの多くの人たちもそれを見て苦しみながら、長い間心の中で祈っていたと思います。

コン　大丈夫。陰で支持してくれる方も意外に多いです。ときどき支援者の手紙や温かな心遣いをいただいて、一人泣いたりもします。私はキリスト教を幼いときから信じていたため、義人たちはいつも迫害を受けるということを知っていました（笑）。数千年前の歴史がそれを証明している。私にとって常に大切だったのは、誰が私を迫害し陥れるかではなかった。私自身が正しい道を歩いているのか、正しくかつ恥ずかしくないように生きているのかということでした。

ペク　宗教への信仰心がさらに強くなったように感じられる。何か大きなきっかけがあったのでは？

コン　真の宗教は私を自由にしてくれるんです。

ペク　宗教は死と生から自由になるために信じるものですが、実際には宗教そのものに束縛され、埋没していく人が多いのも事実でしょう。

コン　間違った信仰心が自分を拘束するのではないだろうかと思います。ものを書くことは私にはそれほど重要ではな

かった。もっと自由になりたかっただけです。昔、自分が書いたものと自分自身が一つになれたと感じたことがありました。形式にとらわれず、飾らず、そのままを言いたい欲望が湧き上がってきたんです。ものを書くことが私にとって救済であり、唯一の宗教だった時期でした。ものを書くことが私には一種の求道だったのでしょう。ところが、宗教は文学より一段上のものです。フランチェスコ教皇をまねるなら、最も下層の貧しい人たちの中で私が進むべき道を発見させてくれたのです。キリストが案内してくれたために、さらに自由になれる。ものを書く道を選んだことで自由になれたとするなら、宗教はその道へと自分を案内してくれたと言ってもいいでしょう。ものを書いている間、怖さが消えることはなかったけど、信仰においては怖さがなかった。それが自由なんです。ここは 切頭山（チョルトゥサン）ですが、金大建神父（キムデゴン）＊のような人もいる。いったい何が彼を、逆境を前に卑屈にならないようにさせたのか。

ペク この後ろに金大建神父の銅像がありますね。

コン 金大建神父がここにいらっしゃるとは知らなかった。私は後ろにいる人に向かって陰口を言っていたんですね（笑）。とにかく私は、最近何もかもがありがたい。この世にはいろいろあるけど、いまはとても平和で、ちょっぴり幸せでもあります。

ペク 宗教で自由を得るという話は、温情主義に聞こえる。ほかの人にも与えられるべき自由のように思えますが。

＊ 1821～1846。韓国カトリック教初の神父。朝鮮王朝による天主教（カトリック）信徒への迫害により殉職した

コン　そうだ。たとえば、私がある発言をしたりある行為を
したりするとき、その基準は私がこうすれば誰かがこうする、
といったものではなく、これは正しいことなのだろうか、こ
れは人のためになるのだろうか、そういう考え方をすること
が私を自由にしてくれるんです。それによって私が被害を受
けたとしてもそれはしかたがない。私が回避することで受け
る被害より、それをすることで受ける苦痛の方がつらくはな
いでしょう。そういうことが私にとっての自由です。

ペク　実際最近は、カトリックにも不正や葛藤があるように
聞いている。聖職者が主人公として登場する小説『高くて青
いはしご』を読むと、カトリックに対する希望的かつ浪漫的
な視線にあふれているように思えます。これを書いたときと
いまとでは視点が変わりましたか？

コン　金と権力が集まれば腐敗が生じる。私が気づかなかっ
ただけなのかもしれません。よくわからないけど、知らず知
らずのうちに不正も多くなったでしょうし、権力も強大に
なったでしょう。教会があまりに肥大化して、お金もたくさ
ん集まるようになった。人間が集まったところには、金と権
力が生まれる。これは罪を犯さざるを得なくする構造だと思
います。でも、それはカトリックに対する批判ではなく、も
しかしたら堕落して人を押さえつけようとする、終わりを知
らない、人間の本性に対する批判なのかもしれません。私も
その本性から解き放たれてはいないでしょう。

ペク　ちょっと小説の話をすると、『トガニ』やその前の死
刑囚の話を扱った『私たちの幸せな時間』もそうですが、人
権的な問題から救済の問題へと移っているように思えます。

コン　次の小説でも救済の問題を扱う予定です。でも、それ

は書かなければならないということで書くんじゃありません。成り行きなんですが、私も歳を取ったようです。人間にとって本当に必要なのは何か、という問いかけで小説を書いているのに、人々はそれを救済の問題だと言います。作家になって女性問題をテーマに小説を書きはじめましたが、中年になったいまの私を支配しているのは虚無です。

ペク 虚無?

コン 生きることがとても虚しい。50歳になった年だったか、ある日「人生って何だろう」と考えました。本を30冊近く出しても人生がこんなに虚しいのに、ほかの人はいったいどうなんだろう、と思ったんです。結婚して離婚したこともいまは取るに足らないことだし、子どもたちが勉強ができなくて大学に落ちたことも何でもないと思えるようになった。評論家が私をどう言おうが、賞をもらおうがもらうまいが、正直、賞金には関心があるけど、あとはどうでもよかった。なぜならお金は少し慰めになるからです(笑)。お金があれば少し気持ちが楽になるし、些細なことで卑屈にならずにすむからでしょう。それでもお金がすべてではない。虚無感が少し軽減されるだけです。しかし、私が追求する価値にお金が相反するならば、お金も捨てるときが来るでしょう。いまならすべてが捨てられそう。それが虚無ということです。ただ、私がどうしても捨てられずにいるものがある。それは美貌(笑)。美貌に対する執着は捨てられません。歳を取ることが怖いし、若さに執着しています。こんな私がとても怖い。

ペク いまも昔と変わりません。私が22歳のとき偶然、教保_{キョ}文庫_ボで見かけたことがある。

コン 前に会ったときもこの話をしましたよね。2番目の子

を妊娠して出産間際のときでした。

ペク　そうです。夏でノースリーブのワンピースを着ていました。あのときもそうだったけど、いまも美しい。

コン　私もまあまあ美しい方だとは思っています（笑）。

ペク　歳を取って少しずつ変わっていく姿もいいですね。

コン　それはかなり意識しています。私が自分の顔に責任を負う時期になったんだから。

ペク　作家だから余計そうでしょう。

コン　ええ。先輩の中に、そういう意味で「顔の管理」をきちんとしている人は誰もいないようです。たとえば、スーザン・ソンタグやジェーン・グドールのような美貌、彼女たちはとても美しいでしょう。

ペク　きれいに歳取った女性の顔。バージニア・ウルフもそうです。早くに亡くなったからよかったのかな。

コン　私たちはもうそのタイミングを逃しました。すでに老

年に入っている。

ペク　そうかな？

コン　今日、実は私が好きだったある神父さんが亡くなったんです。突然、あまりに突然逝かれた。この６月に鬱陵島（ウルルン）に一緒に行ってきました。そのとき同行していたほかの神父さんよりはるかに元気そうに山も登っていたのに……。私がとても悲しがるものだから、修道院のほかの神父さんがこう言いました。「もともとこの世に未練のない人です。だから早く逝かれたんですよ」。その瞬間、胸が詰まる思いがしました。私もそのように逝きたいと思った。最近、死の準備を熱心にしているんです。この世から私が去らないようにと引き留めているすべてのものを少しずつ整理しています。そこには末っ子が二十歳になることも含まれているけど、幸いすくすくと育ってくれています。もう間近です。昨年ぐらいから一つひとつ準備しているので、大丈夫でしょう。

ペク　さっき話した自由のようなものですか？　それでもあまりに多くのしがらみがあるんじゃないですか？

コン　死からも徐々に自由になりつつあります。人々が私を批判するのは、もう気にならない。本もどうってことはないし、結婚や離婚も何でもないのに、それ以外に気がかりなものなんかないって感じです。だだ、いまキム・ドゥクチュン氏が双竜自動車（サンヨン）の前でハンストしている＊ことは、私にとっての「何か」つまり「どうでもあること」です。いま解決し

＊　2009年５月から８月の77日間、双竜自動車の労働組合員が会社側のリストラ断行に抗議して平沢（ピョンテク）工場を占拠、籠城闘争を行ったが、機動隊によって強制排除された。2015年のインタビュー当時、金属労組双竜自動車支部長のキム・ドゥクチュン氏は、解雇された組合員全員の復職を要求してハンスト中だった

なければならない大きな問題です。ところが、こんな考えが浮かびました。再び闘わなければならない問題で、腹の立つことではあるけど、もう私は以前のように、地団太を踏んで、絶対にだめだと泣きわめくようなことはしないのではないか。闘うことと平和、闘うことと自由は別個のものだと思うようになったんです。

ペク　作家はそういう意味で危険です。机に向かって座っているのと現場との乖離感に葛藤することがあるからです。勇気を出して何かすることが常に危険な岐路に立たされることのように感じられるんです。

コン　危険を感じないで、作家になるなんてできない。あなたも自分の中にある何かを打ち壊せって言ってましたよね。

ペク　はい、凍り付いた海です。でも、それは私が言ったのではなく、カフカが手紙に書いた文章です。

コン　言うことをおとなしく聞く人がどうして作家になれますか。

ペク　いまどき、小説を書いて闘おうとする作家はほとんどいないと思います。

コン　前に最近の小説についてどう思うかと質問され、読んでいないと答えたら、読んだことにして話してくれないかとさらに聞かれた。それで「私より歳取った老人のようだ。若い作家たちなのに」と答えました。年老いたとか、若いということは、作家にとって決して年齢の問題じゃない。勇気と良心の問題です。

ペク　まだ私たちは自由じゃない。小説を書きながら人の顔色を見るという言葉が氾濫しているのが今日このごろです。

コン　周りに気を使えば待遇も良くなり、お金もたくさんも

らえるというなら考えてみてもいいでしょう。しかし、顔色を見る人たちに対して、顔色を見られる人たちはそこまでしてあげていないようです。

ペク そういう意味で文壇におけるチャンビ＊の役割がいつになく重要だと考えます。しかし、最近の状況や対応を見るとそれも期待できそうにない。

コン 最初、チャンビに行って感じたのは意外にも役所のようだなってこと。最近のことに驚きもしましたが、私もチャンビを通して私なりにしなければならない役割が70、80、90年代にはありました。また、よく頑張ってきたとも思っています。『東医宝鑑』＊『私の文化遺産踏査記』＊のような本で儲けるようになったころには、チャンビもすでに商業化していました。私の本もチャンビの名でたくさん売れたので、私に責任がないとは言えないけど、それでも当初はチャンビに期待をしていました。商業化の一方で影響力を駆使して貧しい作家を発掘するとか、その力を発揮してくれるんだろうなと考えていたからです。でも、いまは違う。

ペク 最近の文学状況についてはどう考えていますか。読者たちの反応はとても冷笑的であり、文壇内部と読者との間には、温度差があっていろいろ騒がしいようですが。

＊　文芸誌『創作と批評』（1966年創刊）からスタートした韓国の大手出版社。2015年に、チャンビから出版されているシン・ギョンスク氏の小説が三島由紀夫の「憂国」の盗作だと指摘されたが、同社は盗作の可能性を認めつつもシン・ギョンスク氏を擁護する態度を示したことで批判を浴びた

＊　朝鮮王朝時代の医書。23編25巻。14代国王の宣祖（ソンジョ）の命を受け、医官の許浚（ホジュン）が16年かけて完成させた。2009年に世界記録遺産に登録

＊　美術評論家のユ・ホンジュンによる同社の人気シリーズ。全14巻のうち3巻まで、大野郁彦・宋連玉の訳で法政大学出版から邦訳されている

コン 「文学に権力はあるのか」。インターネットに書き込まれた言葉です。人生において切々と感じたことが一つある。原則はいつも同じでした。それでも真実だけがみんなの心の痛みを和らげてくれるということです。時に真実は我々の心に突き刺さり、正直に伝えることが相手に痛みを与えるため、隠しておいた方がいい、と思えたりもする。でも、やはりそうじゃない。それでも真実だけが心の痛みを和らげてくれるんです。

ペク その言葉、すてきですね。一方でチャンビの対応が違った論議を呼んでいる。

コン 勝手にすればいい。私の知ったことじゃない、としか言いようがない。『風とともに去りぬ』の最後の台詞がそれです。夫が出ていくと言うのでスカーレットが「あなたが帰ってこなかったら、どうすればいいの」と聞く。すると答えはこうでした。「Frankly, my dear, I don't give a damn（正直に言って、俺の知ったこっちゃない）」。私はこの世のすべてが有機体としての運命を持っていると思うんです。作品もそうではないかな。チャンビという大きな出版社にも運命がないわけがない。それなのに運命を管理しなかったり、不義を正さずに安易に済ませようとしたりすると、早く年老いて、消えてしまう。そういうことが自然の法則には多いではないですか。チャンビがこの試練を、身を切る思いで対処すればいいけど、それはありそうにない（これは私が占い師になって予想していることではなく、人間がそうであるように組織もそう簡単には変わらないものだから言っているんです。わかってもらえるはず）。しかし、この言葉があまりに常套的なものだとしても、それ以外に答えが見つからないんです。身を切られるような痛みとして受け

入れるなら生き残れるだろう。でもそうでないなら消えてしまうかもしれない。読者はとても賢明で思ったより怖い存在です。

ペク　おかしな話だが、『トガニ』のときのあなたの写真が印象的でした。チャンビはそういう点でもマーケティングがうまいなあと思いました（笑）。

コン　過ぎたことだから話すけど、私も胸元をあらわにした写真のせいで、「アンチコン・ジヨン」の人たちからずいぶん言われました（笑）。私の胸ってそんなに大きかったかなって思う。ところが、最近はそういう写真が好きになりました。昔は私がセクシーだったのでセクシーな写真が好きではなかったけど、いまはセクシーでなくなったのでかまわなくなったようです（笑）。

我々にとって面白くない話とは

コン　硬い話はやめて笑える話をしましょう

ペク　いえ、私は自分の仕事をします。あなたの小説には温情があふれていると思いますが。

コン　小説だけじゃない。私はもともと情の深い人間だと思っている。情にほだされて人生をだめにしたぐらいです。でも他人を助けようと汲々とするあまり、おかしなことにやたら巻き込まれてしまう。避けたくなるときもありました。それで、最近は悔い改めました。人を助けることにためらいを見せたり、また、いったん自分がしたことで後悔したりしないようにと神様に祈っています。

ペク　最近は小説より散文をたくさん書いているようですね。散文が直接的な話だとすると、小説は真実をもとにフィクションを活用して、話を圧縮したり比喩したりして間接的に語るものだ、と思います。散文で語る方が楽なのでは？

コン　楽ですね。散文は時間と体力さえあれば何冊でも書ける。ただ歳を取れば自然と考えることも増えるということではないようです。心の勉強をたくさんしなければならないし、本もたくさん読まなければならないし、そこで浮かんだ考えをどうすれば、いまの不幸な状態から抜け出すのに活用できるかと悩むことになる。人生の苦しい旅を人より多く経験してきたがために、それをほかの人に分け与えてあげたくなったようです。人と分かち合いたいことがたくさんあるんです。それを表現するには、散文の方がいい。

ペク　人生を通した思考が小説に活用されれば、それがリアリズム小説だと思うし、大きな効果を生み出すと思います。しかし、時にはそういう小説をダサいとみなす人もいる。そのためにリアリズムを題材にした作家たちには、ある種の使命感のようなものが求められる。

コン　ダサくないという作家たちの小説も面白ければ賛成です。しかし、本当の意味での活字的な面白さすらないものが多い。ただ支離滅裂さを感じるだけです。私は叙事のある小説がいい。叙事が滔々（とうとう）と流れているという感覚を与えてくれる小説です。私が金薫（キムフン）＊氏と親しくなったきっかけは、あな

＊　1948 〜。小説家。韓国で 100 万部を超えるヒットとなった『狐将』（蓮池薫訳、新潮社）をはじめ歴史小説の大家として知られる。そのほかの訳書に『黒山』（戸田郁子訳、クオン）がある

たはどうして小説を書くのかという質問に彼と私だけが、お金を稼ぐためだと答えたことです。最近になって、みんながお金のためと言うようになった。職業だから書き、文学に従事するから書く、と。すべて正しい言葉です。お金のためだけに小説を書くのではないけど、小説を書いてお金を稼ぐというのは正しい表現でしょう。作家の使命はあとからついてくるものなんです。『私たちの幸せな時間』を書いたあと、私は小説の面白さについていろいろ考えてみました。小説だけが与えられる面白さとは何だろうか、と。私たちが言う、滔々とした流れとは何なのだろう。悩ましいところです。人生に対する絶妙な洞察のようなものが求められるのかもしれない。それが私の持つ唯一の使命感です。小説を読みながら心から納得し、自分の描写力も一つひとつ高まるような感覚です。前に私は『土地』を読みながら、次の頁をめくるのが惜しくてならなかった。そのような悩みが作家の使命感であるべきだと考えるんです。小説が与える面白さに悩むんです。

ペク　インタビューのために何か準備しようと探してみたら、コンさんの初期作品以外にはこれといった批評もなく、小説に対するあなたへの質問も特別ありませんでした。文壇が怠けすぎているのではないかと思いました。

コン　運が良かったのは、私が70、80年代の半ばに活動した作家ではなかったということです。もしそうだったらいま私は作家として存在していなかったでしょう。90年代に活動を始め、2000年代に本格的に本を出した。時代に恵まれたと思います。私が作家活動を始めた時代は、それまでとは違って特定の部類の人たちだけが小説を読むという時代ではなかった。20世紀はエリートが大衆でした。少数のエリー

トが独占していた文化はもう消え去り、インターネットのような多様な媒体で拡散される文化になったために、私は生き残れた。運がとても良かったと思います。

ペク 「この文章を書く最後の瞬間までも、熱にうなされ何日も寝ていなければならなかったが、そういう意味で私はこれを書けて幸せだった。（中略）　私がどんな人生を送ろうと、私がどんな作家なのかという事実を受け入れる瞬間だけは、つらくも幸せだった」と著者あとがきに書いている。自らを慰める言葉のように聞こえる。

コン 現実を見ると苦痛だが、それを形象化できるのはとても幸せなことでした。現実自体は、口にすればおかしくなりそうなほどひどいものだけど、それを文章にする仕事はとても幸せなものだったんです。そういう意味において私自身、作家という肩書きから離れては、考えることのできない存在なのだという結論に至りました。90年代はずっと作家をやめたいと考えていた。だから7年間も休みました。その間、こんなことばかり頭に浮かんだ。いったいどうして小説なんかを書いて有名になり、人の話題の俎上に載せられなければならないのか。悔しくて納得がいきませんでした。食べていけるのなら、こんなことをやらずに暮らしていきたい……と。しかし、また、書くしかなかった大きな理由がありました。お金が必要だった。私にはほかにできることがなかったし、唯一できるのがもの書きでした。子どもたちを育てなければならなかったため、2004年から再び本を出しはじめたけど、『楽しい私の家』以後にまた考えが変わったんです。

ペク 『楽しい私の家』には個人的な叙事がたくさん入っているようです。主題も含め、幅広くなった感じがします。

コン　私自身をおかしい存在に描くのは、いまから思えば何でもないけど、その当時はとても怖いことでした。この小説ではもの書きの母親はかわいそうには描かれていない。うちの娘が私を見る視点として書いたのですが、実はうちの娘は私のことを無鉄砲でどうしようもない人で、かわいそうな存在だと思っていたのに、娘の見方とは違う存在として私を描写するのが怖かったんです。ところがいざ書いてみると自由になれました。当然ながら、7年間何も書かずにいたので、小説を書くのが簡単なはずはありませんでした。その小説は怖さを抱いたまま書くことになり、A4用紙1枚書いたところで、どう書けばいいかわからなくなって、汗をかき、体を震わせました。私にお金があるか、子どもたちがいなければ、あれほどまでして書くことはなかったでしょう。

ペク　では、元夫が書かせたということですか（笑）。

コン　元夫もそうだし、うちの子どもたちもそうだと言えばそう。「家族が私の十字架の翼になった」という表現をしたことがあります。『楽しい私の家』『トガニ』という小説を書きつつ確信したのは、私の人生があと1か月しかないと宣告されたとしても、私はものを書き続けるだろうなということです。いまもその思いには変わりはない。もし死亡宣告を受けたとしたら、私は愛する子どもたちに残す何かを書いて死にたい。

ペク　今年（2015年）、ノーベル文学賞にノンフィクション作家のスヴェトラーナ・アレクシエーヴィッチが選ばれたとき、2009年の双竜自動車の2,646名解雇発表以後に始まった77日間のストライキと22人目の死までを現場の声をもとに描いたルポルタージュ『椅子取りゲーム』が思い浮

かびました。日本のノーベル文学賞受賞者である大江健三郎も、以前に原爆被害者の声を聞いてまとめた『ヒロシマ・ノート』（岩波新書）というルポルタージュを書いたことがありました。作家の良心的役割、もしくは使命はと何だと考えますか？

コン　ノンフィクション作家にノーベル文学賞が授与されたのは、歴史的に非常に意味があると思います。私は5、6年前から「私」という人間のアイデンティティーを、小説家から作家に置き替えました。いまの世界というものを、小説一つに盛り込むのは難しくなったという、時代的変化が読み取れたからです。小説というジャンルよりさらに速く、またはダイナミックに変化する現代、この現実を盛るにはほかの器が必要です。私たちは、小説より直接的な記録の方が、価値があると考えました。『椅子取りゲーム』など直接的な表現の本をたくさん出したのは、そういう脈絡からです。今回の受賞のニュースに接して「ああ、現代社会も私のような認識

『椅子取りゲーム　韓国サンヨン自動車労働争議の真実』（孔枝泳著、加納健次・金松伊訳、新幹社）

を持っているのだな。文学というものが決してその狭い世界に閉じこめられているのではないのだな」と思いました。小説というジャンルが生まれてからまだ200年にもなっていないけど、そのときの時代的変化の要求によって誕生したものだと思う。文学は永遠だけど、その形式はいくらでも変わることができる。その多様性を認めた、今年のノーベル文学賞は、本当にすばらしいと感じました。私としては人生というものとものを書くことを切り離せないと思っているので、うれしかった。私がある使命感を感じてのことではないけど、周辺に事象があり、それが痛みを感じさせたり偉大であったりするときに、どうしてもそれを書かないわけにはいかない。人間の持っている他者に対する共感や憐憫の能力は偉大です。私が大きく軌道を外れているのではないな、という安堵を感

じることもできました。

ペク そういう意味で作家というのは何であり、小説とは何なのでしょうか?

コン 昔は「小説とは何か」と質問すれば答えがすぐに出てきました。最近は小説が本当に何なのかよくわからない。新しい小説を書きはじめるにあたって、小説って本当に何だろうとあらためて自分に問いかけています。黒澤明という日本の映画監督はインタビューで、孫が書いた「うちの子犬はおかしい。あるときはキツネのようだし、あるときはタヌキのようだし、あるときはクマのようだし、あるときはブタのようだ。ところがうちの子犬はイヌだ」という文を引用して、映画が何なのかという問いに答えていたそうです。とても共感しました。私もその言葉をまねてみようと思います。小説とは何か? 「詩のようであり、ドラマのようであるが、小説は小説だ」(笑)。こんな言葉で表現できそうですが、本当はよくわかりません。

そして、また飲んだ。これは編集でカット?

コン ジョンファン(詩人のキム・ジョンファン)さんがかわいそうなのが何かと言うと、歯が抜けたのに、入れないことです。

ペ・スア＊(以下、ペ) 歯をですか?

＊　1965〜。小説家、翻訳家。『Axt』編集委員(2019年1・2月号まで)。代表作に『フクロウのなし』などがある

コン 彼によると李明博政権下では入れないと決めていて、李明博政権が終わるのを待っていたけど、いまも入れずにいる。今回は朴(パク)政権だから入れないみたいです。

ペ 歯がないとごはんが食べられないじゃないですか。

コン お酒は飲みます。

ペク スルメも召し上がるし。

ペ 不便じゃないかしら

ペク ラーメンが食べられないのを除けば不便ではないって。

ペ ラーメン?

コン ハサミで切って食べればいいのに。

ペク ツルツルって食べられなくてたいへんなんでしょう。それよりも昔のように歌を歌えないのが寂しいらしいですよ。空気が抜けるから。

コン 私は23歳のころから彼を知っています。ジョンファンさんは最高の天才。ほんの一人か二人しかいない天才のうちの一人。だけどとても不幸な人です。韓国作家会議＊が私の最初の職場だったけど、彼に来いと言われて行ったのが始まりでした。卒業したら何をするんだと電話で聞かれて、わからないと答えたら、じゃここに来て電話番でもしろ、と言われたんです。それで私は、韓国の政治運動家の中で最初の有給幹事になりました。月給は10万ウォン。最近も講演でする話だけど、あのときは、本当にすばらしかった。1985年11月に、作家会議が小さいながら初めて自分たちの事務室を設けたんです。金槿泰(キムグンテ)＊の民青連や民衆文化運動連合、作家会議の三者が一堂に集まったんです。名前でしか知らなかった人たちが事務室に次々と現れて、本当に楽しかった。金芝河(キムジハ)＊も来たし、玄基栄(ヒョンギヨン)＊、崔勝子(チェスンジャ)＊も来た。出勤

するのがとても楽しくてならなかった。コーヒーを淹れ、掃除をし、雑巾がけをして、ストーブに火をつけて、人が来るのを待っていました。一緒にタバコを吸っているのが不思議でならなかった。先生たちのタバコがなくなると、私の方から「先生方、タバコ買ってきましょうか」と言って、ひとっ走りして買ってきたものです。先生方がその間にもタバコが吸いたくて我慢できないのではないかと思って、命を賭けてタバコを買ってきたんです（笑）。どれだけ楽しかったことか。私にできることがあるということがとてもうれしかったんですね。

ペク　いまもどこかで集まったりしていないですかね？

コン　文壇にお金がなかったころは純粋でした。ペ・スアさんはどの町で暮らしていたんですか？

ペ　主に、貞陵（チョンヌン）で暮らしていました。

ペク　お二人、同い年でしょ？

コン　いいえ、スアさんの方が少し若い。私は1963年の寅年生まれで、81年度に大学入学。面白かったのはシン・ギョンスクさんと私は誕生日が5日しか違わないのに、その間に立春が過ぎたものだから彼女は卯年で私は寅年でした。

* 1974年、言論の自由と社会の民主化を目的に創立された文人団体
* 1947〜2011。1970年代から韓国民主化運動の中心人物として活躍。青年活動家たちが集まって1983年に結成した団体、民主化運動青年連合（民青連）の初代議長を務めた
* 1941〜、詩人。思想家。1961年、5・16軍事クーデターによる朴正煕政権登場以降、反政府活動を始める。長編詩「五賊」が有名
* 1941〜、小説家。済州島出身で済州島4・3事件を扱った『順伊おばさん』（金石範訳、新幹社選書）で知られる
* 1952〜。1979年に「この時代の愛」でデビューした女性詩人

ペ　干支は陰暦なんですか？

コン　干支は立春を基準にするんです。立春が陰暦では私の誕生日より先に来ることもあるし、あとにくることもある。私が生まれた年はあとでした。

ペク　お二人は同い年だと思っていました。

ペ　40歳過ぎたらみんな同じようなものですよ。

コン　お酒はこれがいい。「ファヨ」、本当の蒸留酒よ。

ペ　瓶がきれいですね。

コン　これを飲む杯セットがあるんだけど、とてもすてきなの。ただ、早く酔いが回るという欠点があるけど。

ペ　あとで機会があるかもしれないから、覚えておきます。

コン　どんな機会？

ペ　私はお酒が飲めないけど、いつか誰かをもてなすことがあれば……。

コン　お酒が飲めないだなんて羨ましいわ。

ペ　羨ましいことじゃない。人生の快楽の一つを知らないということですよ。

コン　お酒の快楽は一瞬で、苦痛の方がはるかに大きい。酒は多くの試練を残すものよ。

ペク　だけど、お酒っていいですよね。

コン　ええ。私、お酒が大好きなんです。普通はお酒そのものより飲み会が好きだという人が多いけど、私は飲み会は嫌いで、お酒が好き。だから一人で飲むんです、だいたい。

ペ　私は1年に1度、ワイン1杯程度、飲みます。それが私としては最大の量。それも飲んですぐに寝られるような状態でないと飲まないんです。歩けなくなるから。

コン　だけど、スアさん。酒量って増えるものですよ。

ペ　いえ、そうでもないです。みんなそう言うけど。

コン　私の友だちはお酒をよく飲む男と付き合っていたら、全然飲めなかったのに、焼酎1本は飲めるようになった。ところがそれ以上は飲めなかった。でもそのぐらいなら、お酒の付き合いはできるでしょう。最近私、酒量が減って心配なんです。思えば一生を通して飲めるお酒の量は決まっていて、だから徐々に減っていくみたい。

ペ　だったら私はたいへん。アルコール中毒で最期を迎えることになりますね。

2015年9月28日

ソウル市麻浦区の切頭山殉教聖地で

（『Axt』2015年11・12月号掲載）

コン・ジヨン（孔枝泳）

1988年、文芸誌『創作と批評』秋号に短編小説「日の昇る夜明け」を発表して創作活動を開始した。著書に、長編小説『高くて青いはしご』、『トガニ　幼き瞳の告発』（蓮池薫訳、新潮社）、『楽しい私の家』（蓮池薫訳、新潮社）、『愛のあとにくるもの』（きむ ふな訳、幻冬舎）、『私たちの幸せな時間』（蓮池薫訳、新潮社）、『ポンスニ姉さん』、『これ以上美しい彷徨はない』、『優しい女』、『サバ』、『サイの角のようにひとりで行け』（石坂浩一訳、新幹社）、『そして彼らの美しい始まり』などがあり、短編集『人間に対する礼儀』、『存在は涙を流す』、『星たちの野原』、『おばあさんは死なない』、エッセイ集『娘に捧げるレシピ』、『孔枝泳の修道院紀行 1, 2』、『孔枝泳の智異山幸福学校』、『とても軽い羽一枚』、『お前がどんな人生を歩もうと私はお前を応援する』、『雨粒のように私はひとりだった』、『傷のない霊魂』、『詩人の食卓』、『にもかかわらず』、ルポルタージュ『椅子取りゲーム』（加納健次・金松伊訳、新幹社）などがある。李箱文学賞、21世紀文学賞、韓国小説文学賞、呉永寿文学賞、アムネスティ言論賞特別賞、韓国カトリック文学賞などを受賞。

インタビュアー　ペク・カフム（白佳欽）

48頁参照。

翻訳　蓮池薫（はすいけ・かおる）

翻訳家。新潟産業大学経済学部准教授。訳書に、孔枝泳『私たちの幸せな時間』、『楽しい私の家』、『トガニ　幼き瞳の告発』、金薫『孤将』（いずれも新潮社）、クォン・デウォン『ハル　哲学する犬』、『ハル 2　哲学する犬からの伝言』（ポプラ社）など多数。著書に『半島へ、ふたたび』（第 8 回新潮ドキュメント賞受賞）、『拉致と決断』（いずれも新潮社）、『夢うばわれても　拉致と人生』（PHP 研究所）などがある。

それでも
書き続ける

ウン・ヒギョン

文 チョン・ヨンジュン　写真 ペク・タフム

Intro

インタビューは基本的に質問と答えから成り立つ。なぜ質問するのか。知りたいからだ。そのためにはまず彼女を知らなければならない。そのため、インタビューにあたり、あらかじめ調べた内容をベースに改めて質問を考える。このプロセスが面白い。知っていると思っていたことが違って見えたり、質問へのさまざまな答えを見つける楽しみもある。当初は、作家のインタビューと「発言」を時間軸に沿って遡り、いまの考えと当時の考えとの違いを聞いてみるつもりだった。そのための資料を集めていくうちに、時間軸通りに整理したものが混ざり合いはじめた。最初はそれをまた整理しようと思っていたが、混ざったものをランダムに読んでいるうちに、一人の作家の年代記ではなく、一人の人の多様で複雑な思考や感情が見えてきた。一日の昼と夜と深夜と朝のように。時間に縛られずに眺めてみると、純粋に一人の人が見えた。何らかの対象を説明するとき、一面だけでなくさまざまな側面を見るようにするのは、小説家にとって最も重要な心構えの一つだろう。ウン・ヒギョンというのは多様な内面、多様な文章や声が存在する、魅力的で立体的な人物なのだ。資料を整理せず、作家の考え方の変化に固執しないことに決めた。まるで『ウン・ヒギョン』というタイトルの小説で「ウン・ヒギョン」という人物に出会ったような気がした。小説の中の人物をひとことでこんな人だと断言はできないが、こちら側とあちら側を読んで真ん中あたりを想像してみるとなんとなくわかるような、もう少し複雑なことが起きた。「複雑な

存在を簡単に説明せず、一般化しないこと」。インタビュー
を準備しながら考えたことだった。

#1 書き続けている

チョン・ヨンジュン（以下、チョン） 以前、「自慢ついでに告
白すると、私は日ごとに柔軟になっている。度胸もすわって
きたようだ」とおっしゃっていました。最近何か自慢できる
ようなことは？

ウン・ヒギョン（以下、ウン） 才能のない人間が、努力して
よくぞここまで来れたというのは自慢できることだと思いま
す。ここしばらく取り掛かっていた長編小説を中断しようか
どうか悩んでいるのですが、こんなに才能のない人間が、こ
れまで作家としてやってこれたのは誇れることじゃないかと。
21世紀文学館＊の作家執筆室に2か月滞在し、数日前に帰っ
てきて、猫がうれしそうに出迎えてくれたんです。ひょっと
すると、猫は夫よりも私のことを好きなのも自慢になるかも
しれない。自分について話すときは二つの相反する気持ちが
あります。すべて打ち明けてしまいたい気持ちと、それを知
られたくない気持ち。「私は日々柔軟になっていて度胸もす
わってきている」という文章は、「私には柔軟さと度胸が必
要だ」と思って書いたもので、この反語法のせいでときどき
誤解されますが、反語法も、結局は度胸のない人が使う手段

....
＊　文芸誌『21世紀文学』が運営する作家のための創作空間で、忠清北道（チュン
チョンブクト）曽坪（チュンピョン）郡に位置する

なのかもしれない。それに、運よく名の知られた作家になったはいいものの、なぜ、あとになってからこんなに苦労してるのだろう、とも思います。

チョン　いや。それでも度胸があるからこそ、度胸があると言えるのでは。

ウン　そうでしょうか。私はいつも弱くて、ずるくて、それを合理化するために言い訳ばかりしている。他人を意識して行動するパブリックな自分と、自分でも知らない素の部分の間にギャップがあるような気がするんです。うちの子どもたちに言わせると、電話に出る声からして違うらしい。だから、親しい人の知っている私と、初めて会う人から見た私はずいぶん違います。なのに親しい人は、私の抜けたところが好きだという。隙のないふりをしているから余計にそう思われるのかもしれません。作家仲間の文学賞授賞式に１日早く出かけたり、会議の時間を間違えて１時間早く到着しておきながら５分遅れると謝罪のメールを送ったり。そういうことがよくあります。少し前は、イベントの当日まで質問リストが送られてこないので、司会を任されている後輩に遠慮がちに連絡を入れてみたら、イベントはその１週間後でした。そのときも「先輩らしい」と笑われた。そんなふうに言ってもらえるとこちらも楽です。でも、抜けてるとばかり思われていそうなときはこちらも切り札を出す。長年訓練して身につけた、抜けてるように見せない方法があって。でも、「私は抜けたところなんてない」と突然真顔になると、今度は「どなたですか？」などと言われてしまう。こんな具合だから、私は、普通の人としてはかなり困った人かもしれないけれど、小説家としては、人を理解し再解釈する才能がある

程度身についているとも思っています。これも自慢話と言えるかもしれません。

チョン　なぜ小説を書くのかという問いに、いつだったか「人は自分がどういう人間なのかを知って生きていくべきだ、代わり映えのしない自分の人生に嫌気がさして、やりたいことをやろうと思って」と答えていました。小説を書くことへのさまざまな思いを話されたわけですが、いまのウン・ヒギョンに同じ質問をしたらどう答えるでしょうか？

ウン　なぜ小説を書くのかと、この20年ずっと同じ質問をされてきました。最初は、頑張ってふさわしい答えを探していたけれど、最近はなぜそんな質問をするのだろうと思うようになりました。なぜほかの仕事をせずに小説を書いているのか、という意味なのだろうか？　ほかの仕事の才能はもっとないし、その機会にも恵まれなかった。「気がついたら書いていた」と「運命のように書くことになった」は、もしかしたら同じ意味かもしれません。あるいは、20年も書いているのにまだ言いたいことがあるのか、という意味なのだろうか？　それならばその通りです。言いたいことがあります。世の中はどんどん新しくなるし、わからないことがあるし、知りたいことが出てきて問いが生まれるし、その問いを小説に書きたくなる。20年以上運よく作家としてやってきたものの、そろそろ、いろんな運も尽きるころだろうと弱気にもなります。でも、私自身が書きたくてどうしようもなくなる。筆が進まないときですら、自分の考えや感情を物語にしていくこと自体が面白い。それは世界を自分の思い通りに再編することだし、そういうことが作家として私を生き永らえさせてくれるのだと思います。物語を作るというのは相当な権力

だと思う。読者が読んで共感してくれれば権力はさらに強まる。どちらにしても、自分のやり方で世界を再編することそのものが小説家の、創造者の権限だと思います。

チョン 以前、ミラン・クンデラの話を引用していました。「発見しない小説は不道徳＊」だと。私も好きな概念です。常に新しいものを書くためには、作家は人間や人生について何かを発見しなければならないと思うが、そうやって見つけたものをどのようにして小説に書いているのかに興味があります。これまで多くの作品を書いてきて、いまもなお見つけているものがあるとすれば？　そして見つけたものを小説で表現したいという衝動に駆られることは？

ウン 私は何かを見つけて教えるために小説を書いているわけではありません。知らないことを調べてみようという気持ちで書いています。「あれ、私の思っていたのと違うかも？」から小説は始まる。だから何が見つかるかはわからない。最後までぐるぐる周辺を回っているだけで、見つけられなければあきらめるしかない。何かが解明されてわかったような気がした瞬間、ファインダーをのぞいていてピントが合うような感じで、あるいは、走っていてランニングシューズが軽く感じられてくるような感覚になって、自分でも思いもしなかった文章にたどり着く。これこそ私が本当に言いたかったことだと。そこにたどり着くまでに書いたものは、ばっさり捨てなければならない。ときどきもったいなくて捨てられないこともありますが、そうすると作品がだめになる。こんなに苦労して見つけたんだからと、それを無理やり物語にしよ

＊　ミラン・クンデラ『小説の技法』（西永良成訳、岩波文庫）

うとするとつまらないものになってしまう。それは、誰かが語ってくれたものを録音して再生するような、聞き書きと変わらないものだから。それから、結論を出しておいて書くのもつまらない。そこに合わせていくことになるから。小説を書いていて序盤は当然面白くないのです。なぜなら発見がないから。

チョン 書いているうちに何かを発見し、そこに面白みが生まれ、書き終えると度胸がすわるようになる。ということは、小説を書く前に力はなくても書けばつくということでしょうか。

ウン わかりません。生まれつきの度胸の総量というものがあるのかもしれません。私の場合それが少し足りない。いや、度胸がつく瞬間というのはそうあるものではない、と言うのが正しいかもしれない。何よりも書きながら学んでいると思います。新春文芸＊に中編小説が当選したのですが、そのときは中編が何なのかもわかっておらず、「少し長い短編」として書いたような気がします。『鳥のおくりもの』が出たあと、インタビューでスランプについて質問されたときは、内心、スランプが必要なのだろうか、自分の文法力や文章力は変わらないのに。物語というのは、一日生きればその分だけ生まれるわけで、いまの段階では小説を書くのが嫌になる日は絶対に来ない気がするけれど、はたしてスランプというのはどうやって訪れるのだろうと思っていました。ところが、『秘密と嘘』を書くときに初めて「もっとうまく書きたいの

＊　若手作家の登竜門で、各新聞社が新作を募集し、元日に小説、詩歌、児童文学、戯曲などの大賞が各社から発表される

に力が及ばない」という状態を体験して、避けようのない、直面して乗り越えるしかないこともあるのだと知り、そのために根気が必要だということを学びました。反対に『泰然たる人生』のときは、リズムに乗るとスピードが出て、外出しても足取りが軽く、見える景色も違ってくる喜びを味わいました。どちらにせよ、書き終えた瞬間に度胸がすわる。原稿料以外に得られる絶対的な報酬です。

チョン 何かを書こうとすることは、何かに対して問うことだと言い換えてもいいと思います。問うということは、いますぐにはわからなくても、いつかははっきりわからないといけないような、不思議な状態に置かれた人生とでもいうか。20年間、小説を書いてきて、人生を追求してわかったことは？ 時を経て理解が深まったことや、タイミングや時期によって新たにわかったこともあると思いますが……。

ウン 人生がもし寛容で単純なものだったなら、小説を書いたりしないだろうと言ったことがありますが、思えば私

『鳥のおくりもの』（ウン・ヒギョン著、橋本智保訳、段々社）

は、安定した家庭で愛されて不自由なく生きてきました。も
しあのまま暮らしていたら、小説を書いていなかったかもし
れない。あるとき、耐えられなくなって小説を書きだしたわ
けですが、小説を書いていて何よりも大切なのは、私の知っ
ている自分がすべてではないという発見。小説を書きながら
新たに自分を知りました。ひねくれていて、わがままで、腹
黒いところもあって。一方で、両親の望む通りに、決められ
た価値観の中で生きていたとしたら、それはそれでそれなり
の人生だったでしょう。それも私。そういうふうに思う私も
いれば、小説を書きながら、もう絶対にあんなふうには暮ら
せないと思う私がいる。封印を解くたびにカタルシスを感じ
る。特に、デビュー作の『鳥のおくりもの』を書いていると
きはそうでした。それまでは、多数派に属さなければと周囲
の目を気にしていたけれど、本当は子どものころから自分の
中にもう一人の人間がいたことに気づくと、自分を束縛して
いた何かが解けて、ついには自由にはばたく巨人になるよう
な。デビュー作のそうした雰囲気が、多くの読者に共感して
もらえた気がします。

チョン 日々柔軟になり度胸がすわってきたというのは、本
当はまだ度胸が足りないからだとおっしゃったが、あなたの
小説から感じられる情緒はもともと持っていたというよりも、
小説を書きながら身につき、変化していったものと言えるの
でしょうか？

ウン 変化というよりも抑圧されていたものが解き放たれて
いったんです。多くの作家にとって、小説を書くのはものす
ごくつらいことですが、一度だけすんなり書けたり、たった
一度限りの面白かったという経験が初小説になっているのだ

と思います。

チョン そういうのはあるかもしれません。だからといってそれがいちばんいい作品というわけではないだろうけど、ほかの作品にはない独特の感情のようなものが詰まっている小説があります。

ウン 不思議なエネルギーみたいなもの。いまも代表作は『鳥のおくりもの』だと言われます。「作家になって20年が過ぎても代表作はデビュー作だ」と言われると、息がつまりそうになります。私はいまの小説の方がずっと気に入っている。いちばんうまく書けた小説は何かと聞かれると、「最新作です」と答える。「なぜ『鳥のおくりもの』を超える作品を書けないのか」と聞かれると、内心、「いまだったらあんなふうに露骨に書いたりしないのに」と思ったりもする。出版されたら、自分の本はあまり読まないのですが（いまさらどうしようもない……）、最近、イベントのために読み返したら、確かにデビュー作が持つエネルギーがありました。成長期を経て抑圧から解放されるのを感じながら書いたこともあって、一種の「脱胎」のように、新しく生まれ変わって湧き出るエネルギーのようなものが。

チョン 『鳥のおくりもの』は確かに強いエネルギーが感じられます。でも、いま読んでみると、認識の豊かさだとか自然な文章だとかを考慮すると、個人的には『泰然とした人生』の方がいい。でも多くの読者はキャラクターがはっきりしていて、何らかの状況ではっきりこうだと判断する強い人物を好むようです。

ウン 当時も「自分はなぜ、まるですべて知っているみたいに書いているのだろう？ 一部分しか知らないのに？」と

思っていました。でも、「いや、ほかの可能性を考えたらだめだ。いまはこれ一本で行かないと」と、バランスを取ろうとする自分をあえて抑えて一つの方向に集中させていました。いまはそんなふうにできない。ほかの声を聞きながら書くので、より慎重に、より敏感になったと思います。

チョン ほかの声を聞くというのは結局のところ、読者のフィードバックを意識するということになりますが、小説を書くにあたりその影響はありますか?

ウン 構成と文体を考えるときは、もちろん読む人を意識します。効果的に伝えたいし、深い印象を残したいから。トレンドにも関心がある。同時代を記録する人間として。でも、

それは読者を意識して合わせるというのとは少し違うと思います。私は読者をよく知らないし、合わせようとして合わせられるものではない。文学は人生に寄り添うというよりも、人生を半歩ほど先から見つめるものだと思います（私の場合は多少悲観的に、なぜなら他人と一緒に生きなければならない宿命を持った個人にとって、孤独や不穏は切り離せないものだから）。新しさだろうと、度胸だろうと、発見だろうと、文学に意味があるのはそういう部分ではないでしょうか。

　作家になる前はいろんな仕事をしました。教師のほかに、雑誌、出版社などで契約社員（最近の言葉では非正規職）として働きました。フリーライターとして文章を書き、校正のアルバイトもして、スタッフが3人の企画会社でも働いて。出産した翌日、病室のベッドで校正紙をチェックしていて医者に叱られたこともあった。作家になる直前は友人と3人で立ち上げた小さな出版企画会社にいて、仕事はほとんどしないでビールばかり飲んでいたものの、当時の私の頭の中は、読者はどんな作品を好むのかということでいっぱいでした。極端に言えば、どうすれば人々に気に入ってもらえるのか、そのポイントを見つけ出そうと必死だった（もちろんいい出版企画もあったが、当時私たちはアマチュアらしく「ヒット」を狙った）。私は、なぜかそのことにしょっちゅう挫折を感じていた気がします。気の小さい優等生タイプで、いつも他人に合わせるのに必死だったくせして、心の中では、ものすごく自立心の強い人間だった。作家になっていちばん良かったのは、これからは自分の考えを話せばいい、もう他人の顔色をうかがい、人に合わせる必要はなくなったことです。つまり、主体性のある人生が始まった。自分の言葉を自分のやり方で語る。こ

れはすべての作家の基本的な姿勢です。誰も自分ではない誰かに気に入られるものを書いたりしません。私が他人を意識するのは、別の意味です。私は、周囲の人たちと小説に出てくる人物が重ならないように慎重になるあまり、すぐに文章が萎縮してしまう。以前、悪役を書いたときは、夫の職業やプライベートな部分をモチーフにしたんですね。韓国文学の肥やしです（笑）。でも、複雑に考えすぎると小説を書きにくくなる。公正さを追求しすぎると強弱がなくなり冗長になる。小説は過剰な部分や偏った部分も少しは必要だと思っているけれど、自己検閲が増えると小説からどんどん活気がなくなる。エピソードには一貫性が必要なのに、そのための筋を見つけるまでものすごくたくさんの立場や観点をチェックするから、最初はたいへんです。いまでも、あまりに広いところから小説を書き始めると、狭める過程で入り口を探すのに苦労する。その苦労を十分知っているから、避けているにもかかわらず。いつだったか、著者あとがきにも、「小説を書くことが面白いという私のジョークをまじめに受け止める人たちとの長い文学討論が怖くなる」と書いたほどです。

チョン 執筆スタイルは？ ほかの作家のスタイルが気になります。構想というか、構成というか。そういうものについてうかがいたい。

ウン インターネットで毎日連載をしていたときは、その日その日書かないと穴が開きます。朝、原稿を送らなければならないのに、お昼になってもまだ一行も書けていない。焦りからとりあえず何でもいいから書きはじめるものの、心ではわかっている。これを書いてもどうせ捨てることになると。それなのに頑張って書き、何度も直す。目の前に置かれた

しごみたいに、登らずにはいられないのです。登れば外してしまうはしごだとわかっていても、誠心誠意やっていくしかない。初めからジャンプして登っていければそれに越したことはないですが、そんな才能はない。その過程なくしては、精神が、感覚が目覚めないし、ありきたりの言葉を並べたり格好つけたりしてしまう。これはすべての小説を書くときのプロセスですね。ある人物や物語に集中するのではなく、自分を目覚めさせ、何を問いかけようとしているのかを突き詰めることは本当に難しい。正解ばかり見つけたがる人の特徴でもあります。そこから抜け出さないと、正直な自分の言葉は出てこない。作家は世の中を見る観点を提示するのであって、結局はその観点に至るまで自分がテクストであり道具なわけですが、そういう点では、私のテクストは重層的なのだと、良い方に考えようと思っています。

チョン 正直になるのが難しいと？ 意外ですね。偏見かもしれませんが正直で大胆に見えます。

ウン 結果物は正直で大胆なものかもしれませんね。読者は成功した小説だけを読めるのだから。失敗した小説は私しか読めない。問題はプロセスです。力を抜く過程。こう書きたい、ああ書きたいという自意識。自分らしくないんじゃない？ なぜ格好つけるの？ ここで書き直して、曖昧に書いておいて、ちゃんと読んでもらおうと期待してるの？ 文章にまぐれはないのよ、と言いながらまた書き直して。そうやって時間がかかる。そして、最後にすべてを投げうって書くわけですが、そのとき自分を説得できるだけの話ができていれば、ああ、これがほんとに私が書きたかった話なんだ、ということになります。

　アリス・マンロー＊を読んでいて、本人に聞きたくなった
ことがあります。彼女が同じ地域に長く住み、小都市で起こ
るささやかな出来事を素材にしているのを見ると、実在の隣
人たちが登場せざるをえないと思うのですが、どうすればあ
んなふうに大胆になれるのかと。大胆さは小説のスケールと
も関係がある。スケールについて考えるたびに1980年代に
大学院の国文学科で学んだ「ディテールがスケール」という
言葉が思い浮かびます。小説にスケールをもたらすのは、作
家の強烈なイデオロギーであることもあれば、反対にシステ
ムに執着しない虚無主義や無関心さである場合もある。心を
動かす真実である場合もあるし、精巧で鋭敏な文体や背景に
なる時空間の規模である場合もあれば、生き生きとした描写
であることもある。そうしたものがどれも作品を大きく見せ
てくれる。私は不穏さでスケールを作りたい。急進的な作家、
そんなふうに評されるのを夢見る。まさにこれがジレンマな
のです。度胸もないくせしてなぜよりによって不穏なのかと。
チョン　作家はそういうことを意識していても、結局は何ら
かの文章を書く。最後に「これだ」と判断するきっかけにな
るものは何でしょうか？　正直さなのか、正確さなのか。
ウン　どうでしょう、正確さかもしれない。見慣れない正確
さとでもいうような。正確さの根拠はない。初めて来た場所
なのに、そこがちょうど自分が行こうとしていた場所だった
ということを、私はどうやってわかったのだろう。ときどき
夢の中でそんなことを考えることがあります。ある場面に遭
遇したときに、あれ、おかしい。私はこんな場面を現実で見

＊　1931 〜。2013 年にノーベル文学賞を受賞したカナダ人作家

たことはないのに、どうやってこんなに具体的に、詳細に想像できたのだろうと。そのときの感じと似ています。

チョン マンネリを打破する訓練をしているとか。一般読者や創作者ではない人々がそうするためにはどんな努力をするべきでしょう？

ウン 常に別の角度から見ようとし、別の可能性を開いておく。決めつけないで学ぼうとすること。芸術などから。直接的には文学作品。絵画や映画といったものからも学ぶ。木や花や人からも学び、自分が知っているつもりでいたものを別の視点から見つめられるようになる本を読む。作家たちが新しい本を出すのは、努力の末に既成概念を打破した新しい認識を示すためですから。小説も同じで、作家は、理解しがたい人間を理解しようと努力するものではないでしょうか。枠にはまらない人間の姿を追求するのが小説だと思います。変だというのはユニークという意味ではなく、システムの下でこれまでの決まりきったやり方とは相容れないという意味で。そういう点で、文学は前衛的だと思います。また、人間（世界）への興味から出発しているから、小説家はやはりヒューマニストだとも思うんです。辛辣なヒューマニスト。マンネリを打破する訓練かどうかはわかりませんが、海外に数か月ずつ滞在するのが好きですね。レジデンスプログラム＊で滞在したこともありますし、学生ビザを取って学校に通ったり、海外の旅行社のパッケージでいろんな国の人たちとインカト

＊ 作家の創作活動を支援するために執筆室や同業者との交流の機会などを提供するプログラム。ウン・ヒギョン氏は 2014 年秋に 3 か月間、米国のアイオワ大学国際創作プログラムに参加した

レイルを歩いたこともある。旅行を楽しむためだけではありません。誰も自分のことを知らない見知らぬ土地で、別の人として過ごしてみるのです。職業も年齢も消したまま、新しいコミュニティーで外国人として暮らすことはかなり勇気のいること。自分が持っているものがそこでは通じないし、自分は無力なマイノリティーです。でも、わずかながらも自分が手にしている既得権をすべて放棄する。この経験自体が、とても大切なんです。別の自分を見つけられるし、自分の別の人生を想像できる。好きな人との居心地のいい旅は、それはそれで楽しいものですが、たいへんでも一人で、何でもない人になってみる経験をしたい。これもみんな小説のため。不安になる状況を自ら作ること、それが小説に対する私の姿勢の一つです。小説のおかげで苦労が多い。

チョン　最近は何を書いていますか？

ウン　書こうとしていてなかなか書けないでいるのが、1977年の女子大の寮の物語＊です。当時あったことを面白く書けそうな気がしています。でも、それをそのまま忠実に再現したのでは小説にはならない。現在の地点から見るということが重要で、それがナラティブの必然性だと考える。出来事を見つめる視点が変化してこそ、いまこの物語を書く意味があります。私は過去を書こうとしているのではなく、時間について書こうとしているのだから。この素材を女たちの友情として扱うか、フェミニズムの観点から当時の女性の具体的な姿を扱うか、恋愛を背景にするかなどを考えることがナラティブを作る基本段階だと思います。実は、この小説

＊　2019年8月に『光の過去』として文学と知性社から刊行

を書こうと思ってからもう 10 年以上経っている。頭の中に
ずっとあって、資料も増え、考えも複雑になった。膨らみす
ぎて、最初にどこに魅力を感じたのか思い出せない状態と
いってもいいほど。どちらにせよ、最初になぜこれを書こう
と思ったのかを思い出そうとしています。なぜこの話を書こ
うとしたのかが小説の出発点であり、少しおおげさに言うな
ら問題意識だから、そこに糸口を探さなければならない。そ
れなのになかなかつかめない。この間にさまざまな問題に対
する自分の物の見方も変化したからだと思います。

　『泰然とした人生』を「土地文化館」＊の作家執筆室で書い
たのですが、本当はこちらの小説を書くつもりで滞在して

ウン・ヒギョン

＊　小説家、朴景利の旧宅のある江原道（カンウォンド）原州（ウォンジュ）市で、
土地文化財団が運営している文化芸術空間

いたんです。ところが、締め切りの2週間前になっても書けない。まずはじめに寮生活の話を書こうと決めたのは、高校生のときに読んだサッカレーの『虚栄の市』からモチーフを得たのがきっかけでした。だからジェーン・オースティンの小説みたいに古典的な恋愛心理小説を書こうと思っていた。ところが、私の話はそれよりもずっと複雑な人間についての解釈を目指していて、その枠には入りきらなかった。原稿を渡さないわけにはいかず、2週間ほどでまったく違う小説を書いてみようと試みたのが『泰然とした人生』でした。私は飽きっぽいし、いつも前作とは違うものを書こうと工夫していても、あわてているときはとにかくよく知っている話を書くしかなくなってしまう。でも書いてみると、その時点で私がいちばん言いたかったことはこれだったんだ、と気がつく。あとがきで、偶然の産物だと控えめに書きましたが、集中した状態の作家の目でとらえたものが偶然であるはずはない。私の本心と恐れが生んだものだと思います。

チョン それで、当時書こうとしたものをいままた書こうとしていると？

ウン そうなんです。これを書かずして作家としての幅を広げることはできない気がします。1977年は1968年のように重要な年でもなく、もしかしたら些細な物語にすぎないかもしれない。歴史として記録を残しておくべきだという義務を感じているのではなく、この素材を消化しきれない限り、作家として次の段階に行けない気がする。だから、何とかして書ききろうとしても、先ほど話した通り、自分自身がころころ変化する。昨年（2016年）から今年にかけてフェミニズムが大きく話題になったりもして、そのたびにこの小説のタ

イトルが変わりました。現実での私が強くなり、作家としての私が弱くなるからでしょう。

チョン　ならば、当時書こうとしてあきらめた理由と書きにくい理由は同じということでしょうか？

ノ・スンヨン*（以下、ノ）　翻訳家のキム・ソッキさんが2015年に小説集を出しましたが、その中の一つが1989年に書いたものです。さきほど話された1977年の寮の物語が2017年に書かれるのは面白いと思うし、いまこれが出てくるというのはどういう意味だろうと考えながらキム・ソッキさんの小説を読みました。（ウン・ヒギョンさんも）やはり同じような悩みをお持ちなのかもしれないと思いました。

＃２　視線と観察

　いつのことだったか、彼女は言った。「明確なものというのは、まるで巧妙に練られた嘘のように疑わしい。物事をさまざまな角度から見ようとすることは、自分の人生に緊張感を持たせる方法の一つだ」。物事を一つの方向からだけではなく、さまざまな角度から見ることが小説の精神だという点が印象的だった。

チョン　作家が「書く自分」について悩むときは、必ず「他

＊　翻訳家、作家。『Axt』の創刊号から2018年11・12月号まで編集委員を務めた。『韓国の小説家たち Ⅰ』では、イ・ギホ、キム・ヨンス、クォン・ヨソンのインタビューを担当

人」についての悩みにつながっていくと思います。あなたの小説では特にそうした点が顕著で魅力的だと思います。

ウン 誰にとっても自分の悩みがいちばん大きいのではないでしょうか。たとえば、学校の前を通り過ぎると、春の日差しの中に子どもたちが飛び出してくる。あの子たちは心配ごとなどあるのだろうか、と考えてからすぐに申し訳なくなる。あの子たちぐらいの年のころ、私は深刻な悩みを抱えて苦しんでいたことをすっかり忘れていたなと。他人を自分の基準で判断するのはやめようということです。正しい、間違っているという判断を下すのが小説だとは思いません。作家には、人間の持つ善悪について書く人と、私のように人間の持つ弱さや矛盾について書く人がいる。どんな文学であれ、内的倫理がある。チョン・ヨンジュンやイ・ギホなどは、そうした倫理的な問題について悩む作家だと思います。私はそういう小説が好きです。私が扱わなかった問題について悩んでいる作品がどちらかというと好きです。そして、問いを生み出すには、より多くの苦しみを見せる必要があります。当然のように見えることをもっと細分化してより精巧な形の苦しみに分類するのです。たとえば、トークショーなどで、現実も苦しいのになぜ苦しみを描いている小説を読まないとならないのかという質問を受ける。私は、人生がうまくいっていて単純なら、あえて複雑に考えなくてもいいが、誰にとっても苦しみや悲しみや混乱や孤独は訪れるわけで、小説はそれを知って対応できる強さを身につけられると答える。小説の中の登場人物に感情移入することでつらくなるのなら、それは人生の痛みを知ったのです。その痛みを通じて他人の痛みを理解し、自分についての理解も始まるかもしれない。こう

いうときに、ジル・ドゥルーズ＊の言葉を引用することがあります。文学作品を通して自分の理解を超えた存在と出会うということ、それは新しい理解の始まりだ。いままで自分を守ってくれていたが、それゆえに閉鎖的だった自分の限界を超えられる機会、それが生きることの癒しだと。

チョン　小説のテーマの考え方について話してみたいと思います。「不穏さ」というのはどういうもので、「不穏さ」について小説が語るべき理由は何か。読者の中には、作家にはもっとポジティブで希望のあるものを描いてほしいという人たちもいる。

ウン　「私の小説の力は不穏な力だ」とよく話すのですが、見方によっては初歩的な質問だと言えるのは、私たちが与えられたシステムやイデオロギーに適応しようとする人間だったら、そもそも文学などやっていなかったと思うからです。文学なのだから、当然不穏なのだと思います。

チョン　確かに。切り離して考えられない。私の読者たちも実際私に会うと幻滅します。とても健康そうに見えると（笑）。小説の雰囲気のように病弱で病的だと思ったのに、あまりにも健康そうでがっかりすると言うのです。読者は著者と小説がなるべく「シンクロ」していてほしいのかもしれません。私もほかの作家の作品を読むと、もしかしてこの著者の話だろうかと思ってしまうことがあります。

ウン　だから、ペ・スアやチョン・ヨンムン＊のような作家が羨ましい。私は型にはまっているので。訓練しなくても最

＊　1925〜1995、フランスの哲学者
＊　1965〜。鄭泳文。代表作に『黒い話の鎖』など、邦訳に『ある作為の世界』（奇廷修訳、書肆侃侃房）がある

初からありきたりな考えにとらわれない人は作家の才能に恵まれていると思います。私は努力して手に入れたタイプだから。もちろん、彼らも別の努力をしているのだと思いますが。私は、結局、否定しながらも、自分の苦しみがいちばん大きいと思っているのでしょう。だから家族にからかわれます。息子が思春期のときに、友だちとの間でトラブルが生じて私が謝罪しなければならないことがあったんですが、『少年を慰めて』という小説は、反省を兼ねてそのことを完全に息子の視点から書いたものです。ところが、それを読んだ息子にこう言われました、お母さんは僕のことをよくわかってるなと思ったのに、現実ではそうじゃないと。小説家というのは元来そういうものだ、と答えておきました。考えるのが仕事ですが、現実は小説のようにはうまくいかないものです。

チョン　作家デビューするまで実にさまざまな仕事を経験している。

ウン　以前地方に一緒に旅行した後輩が、テレビの朝のニュースを観ながらこう言ったんです。「出勤しなくていいなんて最高じゃない、小説家になってよかったね」って。でも、私もときどきは。

ペク・カフム（以下、ペク）　したい？　通勤を？

ウン　そうじゃなくて、最近思い出したのは、子どものころにずいぶん仲間外れにされたことです。もう忘れて気にしていないと思っていたのに、私の書く小説には、仲間外れにされる子どもがデフォルトのように登場していた。大人になったいまでも、誰かにいじめられるよりも仲間に入れてもらえない方がずっと堪えます。子どものころに空洞になってしまった心の中の洞窟みたいなところでいまもずっとエコーが

響いてるような。そのせいか、どこかに所属したくなること
がある。でも真に受けないでほしい。個人を尊重しない韓国
社会で生きることは、安っぽい団体生活みたいだと小説の中
でぶつぶつ言っているのですから。私は、心にもない妄想と
雑念にしょっちゅうかられる傾向があるんです。

＃3　小説と日常

チョン　忙しい理由は？

ウン　ほとんどすべてが小説のせい。有能じゃないと思う理
由は、小説を書くのにものすごく時間がかかるから。エッセ
イを書くときはさらに時間がかかります。ごくたまにコラム
を書きますが、あとで読んだ人から良かったと言われると、
当たり前でしょ、あの10枚のために5日もかかったんだか
ら。あれだけ時間をかければ誰だって書けるはずだと思って
しまいます。だからエッセイはあまり書かないのですが、そ
の一方で、作家としての生計を考えると、エッセイを避けて
はいられないと思う。またトライして、挫折して、そのくり
返しです。

チョン　（ペクを見て）小説を書くのに時間かかる？

ペク　もちろん。

チョン　みんなそうなんだ（笑）。

ウン　仲良くしている若手の作家たちを見ると、小説もたく
さん書いて、ドラマや映画もたくさん観て、野球も観て、運
動もいくつかしていて、おいしい店もたくさん知ってて、本
もたくさん読んでいて講義もして、いつそんなにたくさんの

ことをしてるんだろうと。自分はつくづく、やっとついていってるんだなと思います。でも、最近はツイッターをやりすぎてるような気も。

ペク　いちばん熱心だ。

ウン　怠け者というわけではないけれど、どうでもいいことばかりしている。

チョン　どうでもいいことにかけては自分が一番だ。話し出したらきりがないくらい。

ウン　曽坪まで行って、いくら粘ってもなかなか書けないまで、だからといってほかのことができるわけじゃない。私の論理が小説に掌握されていて頭の中はそのことで空回りしている。本を読んでも頭の中に入ってこないし、Netflix にも集中できない。短いウェブ漫画を先払いまでして見たりして、我に返ってやめたものの、次はゲームを始めたんです。複雑なのは苦手で、「The Room（ザ・ルーム）」や「Monument Valley（モニュメントバレー）」みたいなのを。結局、反射神経だけでできるソリティアに落ち着いて、いまでは 1 ゲーム 1 分台でクリアできる。

ペク　Netflix、あれはもう完全にアリ地獄ではないか。

ウン　まさに。アリ地獄。

チョン　最近は何を観てますか？

ウン　『13 の理由』を観ました。アメリカの高校生の自殺をめぐるうわさについての話。俳優たちがおしゃれでかっこ良くて、面白い。自分の小説に何かつなげられるかなと思いながら観ています。みんなそうじゃないでしょうか、作家というのは。

チョン　私たちは、小説のためと理由をつけて、あらゆる過

剰行動を正当化している。

ウン　だから、小説とは関係のない本を読みたいんです。建築学だとか、天文学だとか。できることなら3か月くらい作家ではない人になって、自分の職業や職業とは関係のない本を読み、新しい趣味を探し、知らない道をぶらぶらしながら過ごしてみたい。頭の中をクリアにして一から始めてみたい。別の小説を書いてみたい。だけど、これが簡単そうで難しい。作家はノートパソコンさえあればどこでも仕事ができるのがメリットだと言った人、出てこいと。それは、どこに行くにせよ、仕事を持って行けと言っているのと同じなのだから。

チョン　「新しいものを書いてみたものの、いままで書いてきたものよりましだとは思えない」。そんな気持ちになりながらも、それでもいままで書いてきたわけで。

ウン　あなたは、過去のインタビューをいろいろ持ち出してくるんだから。

チョン　私がインタビューするわけですから。

ウン　昔の泣き言もすべてチェックしてあるし。

チョン　そのあとにいいことも言っていますよ。「また別の方法で書いてみるといいものも出てくる」だとか、「以前のものよりだめなら、出さない方がましだ」とか。悩み続けながら書くのだと思う。私はその方がもっとすごいと思う。自分の意思で書かなかった時期は1年ほどしかなかったそうですが。

ウン　多作だと非難されたことがあって、あえて書かない時期がありました。いま思えば、ばかみたいだと思います。書かない言い訳ができたついでに遊べたからよかったものの。

意図的に書かなかっただけで、頭の中では常に小説のことを考えていました。

チョン　そこまでして書かせる原動力は？

ウン　ホン・サンス監督があるインタビューでこんなことを言っていました。「誰にでも抑圧がある。日々暮らしているとその抑圧を解く余裕がない。幸い芸術家はそれを観察するのが仕事だ。そこで何かを見つけることで、似たような抑圧を感じている人たちを慰められる」。この、芸術家というのは抑圧を観察するのが仕事だという部分に注目したい。抑圧を感じている人々を慰めるというのは結果論であって、作る側からすれば抑圧を見つけること、つまり発見の喜びがあるのではないか。書かせる力には、まず締め切りもあるでしょうが、それはみんなが面白がって言うことで、物語を作るというのは存在証明みたいなところがある。私が経験している世界を自分のやり方で作りあげるのだから。それは、私という人をもう少し価値のある、ちょっといい人間だと感じさせてくれる。以前、ある評論家が「この作品はウン・ヒギョンが準備運動で書いた作品のようだ」と言ったとき、ものすごく驚きました。私は毎回全力を出し切って発表しているから。

　なのに、このごろは、作品を発表すると、以前のものよりよく書けたと思えないことがある。前はそんなことは思わなかったのに。ともかく、いつも新しい作品、現在の作品を書いたと思っていたし、以前よりもいいとか悪いとかはあまり考えていなかった。でも、職業が小説家であるだけなんだと考えることにした。少なくとも原稿料はもらえるじゃないかと。ときどき自嘲的に、もうそろそろ書くのをやめようかと考えることがあります（考えるという言葉がなぜこんなにたくさ

ん出てくるのだろう）。2004年にもそう思いました。2年間ア
メリカにいて帰ってくると、私だけが遅れをとっていた。ア
メリカにいる間に『秘密と嘘』の連載を終えて（アメリカまで
行っておきながら遊ぶこともできず、呪われた職業に違いない）、帰っ
てきて本を出すまでたいへんだったし、才能がないように思
えて歯がゆかった。13年前の話です。最近も、もうやめよ
うと思うときや、それでもやめたくはないと思うときに、当
時のことを思い出します。作家にこういう質問をする人がた
くさんいます。スランプに陥ったらどうするのかと。

チョン　その通りだ。そういう質問はやめにしたいと思って
いるのに。

ウン　いつ書くのか、1編書くのにどれくらいかかるのかと
か。

チョン　でも、そういうことが知りたい。何かヒントになる
ものが得られるかもしれないので。

ウン　スランプになったらどうするか、何らかの時期をスラ
ンプと呼ぶより、はじめから自分は書けなかったと思うこと
がスランプではないでしょうか。それでもまた書いて。思え
ば、書かないときは少し不幸な気がします。体内にたまって
いくだけで排出されない便秘のような症状とうつが同時に来
るような。自分が役立たずの人間に思えて、考えてみると
しょっちゅうそう思っている。少しオーバーに言ってるかも
しれないけれど。ネパールに行ったときも、真夜中にアンナ
プルナのベースキャンプまで登ると北斗七星が真横にあって、
雪のトンネルに道を作って、その瞬間があまりにも劇的で何
かに残したかった。だから真夜中のネパールの雪原に向かっ
て叫んだんです。「私はいま、小説が書きたくてたまりませ

ん」と。そのときも、小説が書けない時期だった。そういう瞬間は本当にたくさんありました。

　新しい作品を書きはじめられずに苦しんでいるときだけ書く日記ファイルがあるんです。数か月後に新しい小説を書きはじめるときにそのファイルを開いてみると、いまの心情とまったく同じことが書いてある。夫は、私のそういうごちゃごちゃ騒いでいる時期を「驚天動地」と言う。でも、苦しみもがきながらやっとここまで来た。何はともあれ、ここまでやってきたことが重要だと思っています。ここから離れたら自分は何でもない人間だと思うから。特に私のような日常生活をまともにこなせない人、そういう人は小説から離れられない、小説を書くときだけ有能になれるのだから。

チョン　最近のインタビューで「小説は人生のすべてだ」とためらいなくおっしゃっていた。

ウン　そんなこと言っていましたか？　まじめな記者のレトリックでは？

チョン　ほんとにそうかもしれないと思った。知人も取り巻く環境もどれも皆小説に関連しているのだろうと想像するし、言い換えれば、小説の外と言えるようなものがないかもしれないと。小説と無関係などんなことも小説を書こうとするためのものだ、とまでおっしゃっているし。

ウン　その通りだと思います。人間関係が狭くなる。考え方が違いすぎて、作家ではない「一般人」の人とは話がしにくい。代わりに作家ではない人たちとはツイッターで交流しています。オフラインではなかなか会えない人たちのさまざまな意見やユーモアに触れられて楽しい。以前は自分とまったく異なる人たちを知るためにラジオを聴き、ブログで書評も

しましたが、最近はツイッターで十分な気がします。でも見ているだけなので、自分も何か発信すべきじゃないかと思いつつも、最初から実名で始めたこともあって、方法を探しているところです。小説と関係のないほかのことをしてみようとも考えています。

チョン　趣味、のようなものを？

ウン　いや、いつもそういう意思があるということです。まったく別の働きをする部品がないと機械がちゃんと回らないと思うんです。だから、編み物をして編み物をする小説を書き、水泳を習ってみたりして。それに作家は健康管理が大切だから運動もするんじゃないかと思うんですが、どうだろう。

チョン　つまり言いたいのは……。

ウン　まったく異なることをしたいということ。旅行が大好きなんです。でも、引っ越しはしない。自分をなかなか変えられないから、ささやかなことを変えようとするところがあります。

チョン　根本的なものは変えられないと？

ウン　変えられません。いつか変えられるでしょうか。

チョン　変えないのもエネルギーがいります。たとえば、小説を書くときに音楽を聴く人と聴かない人がいる。小説を書くときにどんな音楽を聴いていますか？　執筆中は聴かないにしても、よく聴く音楽があれば。

ウン　音楽は偶然流れていれば聴きます。わざわざ聴こうとはしないけれど、わが家にはビートルズの熱血ファンがいる。だからビートルズは聴く方です。その人がまたクラシックも好きで、つられて聴いている。だから誰かにどんな音楽が好きかと聞かれたら、誰かが流してくれる音楽です、と冗談を

それでも書き続ける

ウン・ヒギョン

言うようになりました。一時期、息子につられてヒップホップも聴き、インディーズバンドの曲も聴いていました。息子はオーディション番組が好きで、「プロデュース101」「Kポップスター」といった番組も観ます。長編を書くときは、交響曲などを聴きます。リズムというか、そういうものに助けられる気がする。複雑に絡みあった音楽を聴いていると、何か感覚が目覚める気がする。複雑なものを書くときは交響曲を聴いて、軽いものを書くときはチェロなども聴きます。

チョン 音楽を聴く理由を尋ねたのは、小説を書くとき、書ける雰囲気を作ってくれるものを知りたかったからですが、ほかに何かありますか。

ウン 音楽の構造から構成みたいなものを感じます。こうやって私の感情が高まって、ここでこうなるんだなあというような。クラシックを聴いているとそういうものがあるから必要に迫られて聴いています。

チョン 音楽の構造から構成を感じるとは興味深いですね。もう少し説明を。

ウン クンデラの小説を読むと途中に楽譜も登場します。最初はわからなかったのですが、何度も読むうちになんとなくつかめてきました。音楽の形式から小説の構成を学べる面があるのです。

チョン 覚えているかわかりませんが、私がデビューしてすぐのころ、延禧文学創作村＊にいたときに『少年を慰めて』

＊ 2009年に開館したソウル文化財団が運営する作家専用創作空間。詩、小説、戯曲、児童文学、評論、翻訳などの作家を対象にした執筆室などがある。西大門（ソデムン）区延禧洞に位置

をいただきました。創作村での朗読会のときに「執筆すると きはスーツを着る」とおっしゃっていた。その日すぐに、僕 もトレーニングウェアを脱いで着心地の良くない服を着てみ たら、なんだか専門的になったような気がしてちゃんと書け るような気がしました。いまもそうしているのでしょうか。

ウン あのときスーツとは言っていなくて、あまり楽すぎな い服を着ると言ったのですが、スーツと誤解されているみた いで、ときどき同じような質問をされます。ただ、楽な服を 着ないだけです。書斎の椅子もかなり座り心地が悪くて、替 えてあげたいと言ってくれる人もいる。いい椅子ありますよ と。私は楽な姿勢はしない。それだけのことです。何かを考 えるときに自分を常にオープンな状態にしておきたいと思っ ています。決めておくのではなく流動的であろうと。

＃４ 読むことと書くこと

ウン・ヒギョンのある読者がこんなことを言った。「私は あなたの小説が好きです。でも、愛する人には絶対に読ませ たくないんです」。作家はその言葉に対して「読者は、自分 が信じているものが存在しないかもしれないという不安と恐 れを抱えているから、私の小説の中の不安に共感する。でも、 彼らは、愛する人がそれに気づくことは望んでいない」と答 えた。絶妙な言葉だと思う。愛する人が、小説について、あ るいは読者の内面にある複雑さについて理解するのはいいが、 小説を読むことで他者を理解したいという心理には渋い顔を する。小説の読者になることはすてきな経験ではあるが、同

時にたいへんなことでもあると思う。

チョン 『Axt』の読者の中にときどき、小説はあまり読まないが、雑誌を通じて小説を読んでみる気になったという人たちがいる。小説の読者ではない彼らが小説に触れるには、どういう方法があるでしょうか?

ウン 皆それぞれ異なります。小説を読まない人は一般化しやすい。小説を読む人を一般化するのは難しい。以前、『創作と批評』でアリエル・ドルフマンの文章を読んだことがあります。1973年にピノチェトが軍事クーデターを起こし、政治亡命しようとした人たちがアルゼンチンの大使館に駆け込んだ。外に出れば軍人に銃で撃たれるかもしれない状況で、20名ほどが1か所に集まっていた。見てみると『ドン・キホーテ』を声に出して皆で読んでいたそうです。そういう状況で『ドン・キホーテ』を読む心理とはどういうものでしょうか。軍人だったセルバンテスが捕虜になり、地下の監獄で5年も苦労してやっと脱出し、スペインに戻ってくるが、歓待は受けられず官僚社会は腐敗していた。セルバンテスは『ドン・キホーテ』の序文に「この小説は地上のあらゆる不都合が巣くっており、あらゆる悲痛な声が集まった監獄で受胎されたものだ」と書いた。そういう地獄を経験した者が、この社会について悲観せず、膨大な創造力を発揮して闊達な物語を作り出し、勇気を持てとあえて書かれていなくとも、同じ苦難にある人々がその小説を読めば苦しいときに勇気づけられるということでした。私は作家が何かを直接的に描かなくても、何らかの考えを持った作家が小説を書けば、その小説を通じて思いが伝わると思っています。だから正義

感のある作家が書けば、読む人に正義感が伝わるはずだと思うのです。

チョン　内容に正義が主張されていなくても？

ウン　直接的に語らなくとも、作家の世界観は伝わると思います。そういうものは読者が小説を通じて感じ取るものだと思いますが、韓国の読書スタイルは、あまりにストーリーや人物、出来事ばかりに注目していて、読んであらすじやテーマをまとめてといったことに慣れすぎている気がします。柔軟に本を読んでほしい。書く側は書いたら終わりです。以前は講演などをすると、自分の小説について説明していました。こういう小説を書いて、これこれこういう理由でこの小説は重要だと思う、とか。最近はなぜ本を読まなければならないかについて話します。全般的に文学がなぜ必要なのかについて。以前、こんな文章も書いています。私がもし非識字率が80パーセントの国に生まれて、「作家なら、非識字者撲滅のために運動せよ」と言われたら、「私は運動よりも、非識字者のような、コミュニケーションの不自由な状況で経験するであろう絶望のようなものについて、非識字者が経験するであろう感情的な状況を小説に書くだろう。私には、非識字者撲滅運動はできない」と。私は運動家にはなれない代わりに、その苦しみと状況について自分なりのやり方で語るという意味です。だから小説を読むべきだと話すのですが、小説を書くことしかできない自分を、そう話すことで慰めています。

チョン　「ものを書くセンス、文学の勉強、一貫した夢、ひいてはどんな類いの苦しみも作家にはしてくれない」と以前におっしゃいました。ところで、非常に疑問に思うのは、ライティングを習いにくる学生たちが文章を書かないというこ

とです。自分の意思やこれまでの経験が、自分の望みをかな
えてくれる材料になるとは思わないらしい。作家志望の人た
ちからもたくさん質問をされてきたと思うが、実際、書くた
めには何がいちばん必要でしょうか？ 「感傷的にならない、
泣かない、偏らない」といったことを心がけるように、小説
に限った場合、これだけは必要だと思っていることがあれば。
ウン わかりません。何とでも言えるでしょうが、どれも違
う気がします。私のことを話すと、自分はなぜ書けないのだ
ろうと思っている。これだから書けない、あれだから書けな
いんだ、と。どれも合ってはいるけれど、同時にすべて間
違ってもいます。この話をなぜ書かなければならないのかに
ついての確信がないのです。平凡な言葉で言うなら、本当に
書きたいものでないとならない。「小説を書きたい」ではな
くて、「この話を書きたい」でなければならないと思ってい
る。文章がうまくなくて展開が未熟であっても。だから私は
こう言います。ものを書くセンスだとか個人的な苦しみだと
か、そういうものはもの書きにとって必須ではないと。それ
からもう少しほかの話をすると、作家なら皆、自分が面白い
と思ったことを書いているはずです。ここでは面白さの定義
についてはひとまずおいておいて。読んだ人のうちの大勢が
面白いと思うならば、それが大衆的な感覚になるのです。
チョン 書きたいという思いは鍛えられるでしょうか？ 書
きたいという思いは自然なものなのか、もしそうでないのだ
としたら？
ウン もしかしたら生き方から出てくるのかもしれません。
自分が劇的なことを体験したからといって、必ずしもそれを
小説に書きたいとは思わないのではないでしょうか。だから、

そういう特別な事件よりも、自分が何か動機を感じないといけないわけですが、それは自分の生き方次第だと思います。そういう点で小説はよく磨かれた鏡と言えます。

チョン　「どうしてタイトルをつけるのがそんなに下手なんですか」と言われたことがあって、タイトルをつけるのがうまい作家の代表例にウン・ヒギョンを挙げている人がいた（笑）。そこで聞きたい。タイトルをつけるコツが あるのだろうか？

ウン　『相続』とつけたとき、作家のク・ヒョソさんが「相続ですか？　僕だったら少なくとも相続人くらいにはするけどなあ」と言っていました（笑）。

＃5　社会と変化

　ウン・ヒギョンは「いまも警笛の音がするとぎくっとするのは70年代に10代だったからで、理由もわからないまま統制されたり不当に権力が行使されるのを見て怒りがこみあげてくるのは、80年代に20代を送ったからだ」と言っていた。小説家として生きてきた90年代からいままでは、自然な流れで社会的な問題を小説に取り入れることがあるのではないだろうか。

チョン　社会のさまざまな問題、たとえばセウォル号の問題や、政治・社会的な部分など。小説家としてどのように扱うべきでしょうか？

ウン　小説家は何を書くにせよ、そこに現在の考えが反映さ

れると思います。自分の生きている時間が小説になる、と書いたことがあります。『秘密と嘘』に朴正熙[パクチョンヒ]の維新体制と称する独裁体制の下で教育を受け、それを信じて育った世代についてのエピソードがたくさん出てきます。私自身の話です。一方では、自覚のない優等生として生きてきた自分をあとになって襲った自己嫌悪や孤独を辛辣に見つめていて、また一方では、維新体制のもとで尊厳を守れなかった父親世代の姿も描いています。私の個人史における重要な部分であり、真摯に向き合いたかったこともあって、喜劇的に書いた部分はあえて削除しました。それ以来、私の小説からユーモアが消え去った。父に捧げたかったのですが、すでに亡くなっていてかないませんでした。

チョン 日ごろから悩んでいるのが、社会に対する疑問や意識を小説家のアイデンティティーとしてどのように扱っていくべきなのかという問題です。小説に書くとなるとどう書けばいいかわからず、そうかといって書かないでいると気が重くなる。ご自身はどうですか？

ウン 私は自分の問題意識を二つの長編小説に書いたつもりです。『最後のダンスは私と』はフェミニズム小説として書き、『マイナーリーグ』は社会小説として。90年代に、評論家から恋愛小説家だと皮肉られたこともあります。権威に圧倒されて自分らしいことは何も言えずにいましたが、エッセイに「恋愛小説で何が悪い。そこに権力はないのか、暴力はないのか。大統領までいるのに」と書いた覚えがあります。90年代に女性作家の活動が活発になるにつれて賛辞もありましたが、見くびられることも多かった。韓国文学の力が弱まり、どれも似たりよったりだと憂慮する声も

出てきて、酒の席で、そういうことを聞くに堪えきれなく
なったある女性作家が、「書き物は女、子どもに任せてもっ
と大きな仕事をなさい」と言い返したこともある。そうい
う雰囲気に反発してか、『鳥のおくりもの』の続編として女
性の話を全面に出して書いていきたかった。ところが、『最
後のダンスは私と』は、始まりからして、「恋人は３人くら
いはいた方がいい」＊みたいなことを書いたせいで、多くの
人が恋愛小説として受け入れた。改めて読み返してみると、
ちょっとナイーブすぎたかもしれません。『マイナーリーグ』
も自分の意図した通りには読まれない部分もある。私は、韓
国の社会がこんなに遅れている、社会のマイノリティーが人
間をこんなふうに情けないものにした、と言いたかったの
に、ずいぶん誤解された。男たちをマイナー扱いしたと、マ
イナーに属す人たちに対して優越感を持っていると。正反対
なのに。文学評論家のイ・サンウクさんが解説の最後に書い
た一文は「ところで、ウン・ヒギョンはマイナーなのかメ
ジャーなのか」でしたが、その文章の影響も大きかった。あ
る男性記者は、この小説は男を辛辣に揶揄していると書いて
いた。私がメジャー作家だからマイナーについて書けないと
いうのであれば、何も書けない。あらゆる文学は、どれも
マイノリティーについてのものではないでしょうか。『マイ
ナーリーグ』は私の反省文であり言い訳でもありました。実
のところ、私の小説の大部分がそうですが。私は維新体制
の下でその教育制度に迎合して育った人間として一種の反省
もしているし、そういう人間であっても結局、歴史によって
個人史が歪曲されてしまうのは避けられないということを遠
回しに描きたかったんです。

　歴史的な事件を戯画化したという非難もありました。歴史を正面から扱うよりも、いまどきの言葉でソフトにアプローチする必要があると思ったし、それができると思っていた。主人公たちが維新のときに高校生だったところから始まり、現代史を駆け抜け40代になると、維新、緊急措置＊、10・26＊、光州民主化抗争＊、学園浸透スパイ団事件＊、6月抗争＊、大統領選挙＊、こうした歴史的な場面に偶然出くわし、いつのまにか巻き込まれる。自分たちは事件の真相をまったく知らないままに。私は風刺的なやり方で問題提起をしようとしたのに、きまじめな人たちは、「歴史をこんなに戯画化するとは。当時学生だった人たち、傷つけられた被害者たち

＊　原文は「3人はいい数字だ」

＊　韓国憲法に設けられた大統領の非常大権。1974年1月8日に改憲運動を禁止する緊急措置第1号を発令し、その後、民主青年学生総連盟の処断、高麗（コリョ）大学の休校などを内容とする9次にわたる緊急措置が乱発され、朴正熙大統領が殺害されるまで続いた

＊　1979年10月26日、ソウルで開催されていた晩餐会の会場で、朴正熙（パク・チョンヒ）大統領が、大韓民国中央情報部（KCIA）の金載圭（キム・ジェギュ）部長によって殺害された事件

＊　1980年5月、全斗煥（チョン・ドゥファン）らの軍事クーデターに抗議した光州市の大学生・市民と軍が衝突、学生・市民は一時市の中心部を押さえたが、軍による全面的な弾圧によって多数の犠牲者を出した

＊　朴正熙（パク・チョンヒ）、全斗煥（チョン・ドゥファン）両大統領による軍事独裁政権下にあった1970〜80年代にかけて、留学などで韓国を訪れ、民主化運動や南北統一運動にかかわった約20人の在日韓国人が北朝鮮のスパイとみなされ、国家保安法違反の容疑で逮捕された

＊　全斗煥政権下にあった1986年6月10日から29日にかけて、大統領の直接選挙制度を盛り込んだ憲法の改正などを求め、学生や労働者が繰り広げた民主化運動。全斗煥政権から民主化宣言を引き出し、民主化への転換点となった

＊　光州民主化抗争が軍によって制圧された後、崔圭夏（チェ・ギュハ）大統領が辞任したため、1979年10月に公布された第五共和国憲法に基づいて1981年に行われた大統領選挙。全斗煥が当選した

を尊重していないのではないか」と非難する。私のやり方が理解を得られないのか、十分な実力がないからなのかはわかりません。だから、ああ、読者を説得できなかったんだなと思ってしまったし、いまもそれは私の中では失敗として残っている。セウォル号のような事件は、私にとってもそれはたいへんな事件であり、いま現在も、作家としての自分にとっても、個人としての自分にとっても、患部のようなものになっています。あまりにも痛い場所で、触れるだけでいまも痛む。でも、それを正面から書くつもりはいまもない。作家ごとにそれぞれのやり方があると思います。

チョン　正面から書くというのは？

ウン　歴史を正面から書いたものはたくさんあります。村上春樹の『神の子どもたちはみな踊る』は、自分なりのスタイルで社会問題を扱った作品だと思う。あの連作は阪神・淡路大震災という大災害が起きて書かれたものだが、現場は一つも出てこない。平穏な日常には戻れない人も出てくるし、理由もなく家に帰ってしゃべりまくる人も出てくる。理由のわからない憎悪を抱いたまま、結局人々は以前のようには暮らせない。災難の場面は出てこないが、喪失した世界がそのまま伝わってくる。それが村上春樹のスタイルです。彼は思考力が強いのだと思う。だからシンプルで説得力がある。特に喪失を書かせたら右に出る人はいないわけだから。

チョン　ほかの作家はわからないが、ウン・ヒギョンはそういう部分を直接的に書いたと思うし、書いてきたと思います。あなたには、そういうイメージがある。

ウン　それも誤解じゃないでしょうか。私は関係におけるマンネリズムあるいは、何らかの制度のもとでイデオロギーの

犠牲となり苦しむ女性を描いたつもりだったのに、紹介された記事を見ると、タイトルは「ありきたりな不倫小説はもう終わり」でした。何を書いても恋愛や不倫小説、女性の日常からの逸脱や自分探しだと言われる。女性に限った話でもないし、疎外とマイノリティーを書くときに女性主人公の方が説得力があるから女性を登場させたにすぎないのに。社会小説を書くときに男性を主人公にするのと同じように。私はただ、男性であれ女性であれ、抑圧の中で生き残ろうともがき、本来の自分を見失ったまま誤った価値観を守ろうとした人々の苦しみや矛盾について描きたかったのです。結局、その話も『少年を慰めて』に書きました。少年は、男らしくないといけないという類いの価値観に疑問を投げかけ、そして飛び出し成長していく。この小説で引用した60年代のアメリカのフェミニズムの詩がありますが、21世紀にも通用する。一人の少女が賢すぎると指摘されている間、一人の少年は自分の繊細さを隠していなければならないという内容です。ポイントはその部分にある。男女に関係なく、一人の個人として見ること。それでも誤解されてばかりいたので、当時は、少しばかり名の知れた作家が負うべき代償だと考えるようにしました。いまはまったくそう思いませんが。

チョン もしかしたらその当時は、そういった部分についての十分な認識、それを見つめる社会の意識そのものが未熟だったのかもしれない。

ウン わかりません。ウン・ヒギョンという作家、あるいは女性作家に対する先入観もあるのではないでしょうか。最近はもっと混乱している。90年代末に作家になって以来、「フェミニストですか？」と何度も聞かれました。だから

「韓国で生きているのにフェミニストにならずにいられますか?」と答えたりもしましたが、いまはフェミニストという単語そのものが重くなりすぎて、その言葉を使うときはそれぞれが自己検証をするようになった。以前は、フェミニズムを男女平等、文明的な態度ぐらいに考えていましたが、いまは男女平等という単語もフェアでなないし、ともかく、はるかに複雑で具体的になった。ヘイトも強まり、改善されていく過程だからなのか、社会がより保守的になっているからなのか、とも思ってみたり。おそらく、保守化したというよりも細分化されたのでしょう。90年代はそういうことを言える雰囲気だったからフェミニズムが認められたのではなくて、もともと男が女を排除していたから、フェミニズムを主張されても危険を感じなかったのでしょう。いまは少し違うと思います。フェミニズムを主張する女たちを軽く見ることはできないから、嫌なのでしょう。つまり、より良くなってきているとは思います。

チョン　いまはフェミニズムが文芸誌の特集として扱われている。

ウン　15年ほど前、大山(テサン)文化財団で文学フォーラムがありました。女性というテーマが与えられて、私が書いた原稿のタイトルは「逆説の女性像」だった。また逆説です。これにはまだ飽きていないようです。ともかく、なぜ文芸誌には女性作家の特集はあるのに男性作家の特集がないのか、私はただの作家だ、私はトイレに行くたびに自分が女性だということを認めたいし、女性という修飾語で自分の専門性を限定されたくもないと書いた気がします。女流作家という昔の用語からわかるように、女は流れに交ぜてあげるマイナーな存在、

という雰囲気があったから、当時は私につけられた女性という用語を取り除けるのはフェミニズムだと思ったし、だからこそ逆説の女性像というタイトルが出てきたんですね。もちろんいまの考えは少し違いますが。

チョン　にもかかわらず。

ウン　そうなんです。にもかかわらず、本当に何も変わっていない。1か月に一度一山のミスター・ヴァーディゴ書店で朗読をしていて、先日もこういう話をしました。私は一山で作家生活を始めました。1995年から作家生活を始めて、20年以上ここに暮らしている。私の作品の多くがニュータウンを背景にしています。ニュータウンの不毛さだとか、見知らぬ場所に根を下ろさないとならない孤独についてとか。ニュータウンから小説のためのたくさんのインスピレーションを得ました。本当は一山のことがあまり好きじゃない。それでも、ともかく私に問いを投げ続け、そうやって出てきたものが小説になったのだから、借りがあるような気がしています。おかげで、ここで作家生活ができたわけだし、地域に恩返ししたいという気持ちから朗読会を始めました。自分から書店に行って書店のオーナーに提案しました。「聞いてくれる人が3人でもいれば続ける」と。そう言って始めたのが、いまでは、30〜40人の方々が来ている。

　これをきっかけに、朗読について考えるようになりました。黙読はあらゆる感覚を動員しないといけませんが、朗読は聴覚に集中するので読み手にひきつけられる。総合的に考えられなくなるのです。登場人物や人間関係が複雑だとうまく伝わらないので、単純な話を探して、初期のころの作品をいくつか読んだんです。そうしたら、初期作品の方が人気がある。

問題意識がはっきりしているからです。フェミニズムも同じ
で、私が20年前に書いた小説の中の問題意識をいまも人々
は同じように感じている。だからこそ、胸が痛みました。そ
こに自分の過ちはないだろうか。私も至らなかったのではな
いかと。そう思うと、寮生活の小説を書くことがためらわれ
ます。その小説に既存世代としての反省をこめるべきだと思
うし、そのとき、私が男性中心社会になじもうと、有利な位
置を占めようと、イデオロギーの中で自意識を抑えてしまっ
たせいで、いまも若い人たちが闘わなければならない状況に
あるのではないかと何度も考えました。でも、着地点が明確
すぎると小説はあまり良いものにならない。自分自身もっと
辛辣にならないといけません。

チョン ウン・ヒギョンさんには「自由な女性作家」という
イメージがあります。先日、授業である学生が「いま私たち
が韓国で扱っているフェミニズム問題を、ウン・ヒギョンは
すでに小説で扱ってきた」と言っていたが、どう思いますか。

ウン 初期に『最後のダンスは私と』を書いたころは、フェ
ミニズムの方が私を嫌っていました。なぜ闘わないのかと。
『マイナーリーグ』の作家の序文に「私は男性中心社会では
弱者だが、男たちと和解したのはマイノリティー同士の同質
感からだ」といった主旨のことを書いた。女性解放は男性解
放と表裏一体であり、同じマイノリティーであるとき、私た
ちは偏見に対して共に闘えると思ったからです。当時の私は、
男たちを相手に闘うのではなく、男女を分けようとする偏見
と闘うべきだと思っていた。でも、フェミニストたちはなぜ
男たちと闘わないのかと憤り、男たちももちろん私を罵倒し
た（笑）。とても難しい。自分に余裕が生まれて初めて周り

を助けられるように、すべての人が恵まれた状態だったら段階的に考えを変えていけるかもしれませんが、誰もが厳しい状況にいるせいで排他的になっているいまの状況では、もっと難しい。私自身も既存世代として自分と同世代の人たちと同じような偏見を持っている。問題は他人の話を聞いてアップデートできるかできないかの違いだと思います。そして、それを書くのが小説家の仕事ではないでしょうか。

チョン　朴正煕の話が出てきたついでにもう一つうかがいたい。私は、その時代を経験した人と、していない人とが感じる程度には差があると思います。その時代に成長期を過ごした人たちは、朴槿惠（パククネ）が弾劾されたり、セウォル号が引き揚げられたことについて、私とは感じ方が少し違うようです。一つの時代が終わったように感じているか、それとも淡々と受け止めているか、あるいは何か思うところはありますか。

ウン　まず何をどう話すべきかわかりません。自分の考えははっきりしていますが、どう話すべきかわからないから話せない。平壌（ピョンヤン）へ行ったことがあります。初めて南北の作家が交流した、非常に大きな会合に参加するためでした。金大中（キムデジュン）政権のときだったから2005年ごろ。作家100人が参加したので、その規模がわかると思います。もちろんどの作家も一筋縄ではいかない人たちです。いろんなことがありました。行ってきてからはさまざまな原稿が書かれた。待ってましたとばかりに紙面が用意されていた。私も実に多くのことを考えましたが、書けませんでした。私は進行中のことについてはきちんと話すことができない。最近起きたことも同じです。でも、私はあのとき、すべてを見届け、熱いものを感じました。確固たる立場がないわけではありません。

6　孤独の必要性

　ウン・ヒギョンは友人たちと会って楽しく過ごしていても
すぐに居心地が悪くなり、孤独を感じるべきだという強迫観
念にとらわれている、孤独をなだめる術を知ってこそ芸術家
だと思う、と言っている。「孤独だ」は「寂しい」とは異な
る。寂しさは相手を必要とする感情だ。ところが、孤独はそ
こに相手がいて呼び起こされる感覚というよりも、相手がい
ない状態でそれをつらいと感じる、でもそれを嫌っているわ
けではない。この二つは似ているようでいて、はっきりと異
なる。

チョン　「孤独だ」という言葉を日常生活とはかけ離れた概
念としてとらえる風潮を残念に思います。ちょと気恥ずかし
くもあり、ダサいと思われているところがあるのかもしれな
い。そのせいか、「おい、俺、すごい孤独なんだよ」という
言葉が「寂しい」と書き替えられる。でも、そういうとき、
ちゃんと二つを区別して「孤独だ」と言えばいいのにと思う。
ウン　人は孤独や居心地の悪さを否定的にとらえるけれど、
私は必要なものだと思います。不便で居心地の悪いことも必
要だと。楽をしようとしたばかりにどれだけたくさんの問題
が起きたことか。孤独にならないようにすると、問題もたく
さん起きる。孤独は受け入れるものだと小説に書きましたが、
『他人への話しかけ』で書いたように、他人をいつも渇望し
ているようです。それがかなわないから、「孤独の発見」を
してしまう。自らを孤独にして強くしようとしてるのかもし

れない。孤独は誰もが避けられないものだし、実際に受け入れるべきだと思いますが、それでも耐えるのは難しい。孤独であることは楽しい感情ではないから。だから「孤独のつながり」という言葉を使う。「孤独のつながりの中で人生は流れていくのだ」と書きましたが、どうやって孤独のつながりが生まれるのかって？ 隣の部屋にいるあの人も孤独だとしたら、それを知るだけでも慰められませんか？

チョン 慰めになる。

ウン 孤独もつながれるのです。

チョン 皮肉にも孤独だと孤独になりたくないし、孤独じゃないと孤独になりたくなる。言葉遊びのようだがとても重要な感情だと思います。C.S.ルイスの『悲しみをみつめて』にこんな場面が出てくる。「わが家に知人たちが訪ねてきてパーティーを開いてくれたらいいのに。その代わり私には話しかけないでほしい」。おかしな話ですがこう感じることがあります。寂しくて仕方ないのに孤独でいたい。この矛盾した状態を私たちは解消できないから、仕方なく孤独をあきらめるか、解決すべきものだと考える。孤独のつながりという言葉はすてきな表現ですが、もう少し説明を。

ウン 以前「単子化した世界」という言葉が流行りましたが、なぜかその言葉が気に入りました。辞書を見ると、これ以上分けられない究極的な実態、とある。なんと寂しい。そうかといってこの究極を捨てるのは嫌で。

チョン 孤独なときにできる最も有益な活動は、読書じゃないでしょうか。文章というかテキストがその孤独な状態を見守ってくれるような気分になる。これまでどんなものを読んできましたか。

ウン　小学生のころ、手あたり次第に読んでいたときがよかったですね。何も知らなかったから。親が買ってくれた文学全集も読みましたが、啓蒙雑誌のようなものも読んだし、活字ならなんでも読みました。あのときにちょっとわかったような気がします。新聞の連載小説も読んだし、新聞記事も読んで、世の中は勝手で複雑だということも知った気がする。子どものころ、学校の黒板に名言が書いてありました。週番がその日の名言を書くのですが、私が週番のとき、黒板に「世の中に正しい悪いはない」と自分で作って書いたんです。するとみんなが「お、いいんじゃない？」と言った。みんな、努力しろ、親孝行しろみたいなことを書いていたから。私は少しでもひねくれて書けたことに一人で満足しました。

チョン　突然思い出しましたが、軍隊でトイレに格言が貼ってあったことがありました。それがあまりにつまらなくて当時読んでいた小説の気に入った文章なんかを抜粋して書いておいたら２週間で呼び出されて、どういうつもりだと怒られたんです。あのとき、強い反抗心が芽生えた。いまなら、「これは本当にいいものだ」と説得できると思いますが……。あなたたちもきっと気に入るはずだ、と伝えたかった。いまもそう思ってます。みんな、小説をまだ読んでいないだけで、小説を読めばきっと気に入るはずだという、ある種の錯覚を。もちろんそんなはずはないのですが。いくら話しても、人は小説を読まないから。最近はどんなものを読んでいますか？

ウン　ほとんどは仕事で必要なものを読み、そうでない場合も、いつの間にか小説に関するものになってしまいます。『美しさが僕をさげすむ』もマーヴィン・ハリスの『Our Kind』を読んで浮かんだアイデアです。それ以外には自分が

本当に読みたいもので、あとで読もうと思っている本。本当に気になることに関する本。ユヴァル・ノア・ハラリの『サピエンス全史』を読むと、ホモ・サピエンスがなぜネアンデルタール人を滅ぼしたのか、ネアンデルタール人の方がはるかに脳も大きく強かったのに、どうやってサピエンスが生き残ったのかが出てくる。ホモ・サピエンスの言語がより精巧だからだそうです。言語のおかげで目の前に見えないものを想像できるのだと。だから、宗教も生まれたのだし、人々を統制して力を集められた。結局、言語のおかげだというのが説得力がありました。そういうもの、自分がもっと知りたいこと。実際は与えられた時間にどうしても読まないとならないのは小説なので、自分とは異なる考え方を吸収できる本を読みたいと思っていますがなかなか。なぜ人間はこんなに忙しいのでしょう。

チョン　長時間でお疲れになったと思います。今日のインタビューはいかがでしたか。

『美しさが僕をさげすむ』
（ウン・ヒギョン著、呉永雅訳、クオン）

それでも書き続ける

ウン インタビューの前は心配でした。マニュアル通りに動けるような人間ではないから、講演であれインタビューであれ、うまくいくときとそうじゃないときの差が大きい。いまのように小説がうまく書けないときにインタビューを受けると、守りに入りすぎたり反対に愚痴っぽくなったりもします。どちらにせよ、無事に終わってよかったし、最後はこんなふうに締めくくりたいですね。少なくともここまでは来れたけれど、まだ努力する余地がある。だからこそこれからも、苦しみながら書き続けていくのだろうと思う。もうたくさんと思いながらも、それはありがたいことだとも思っています。

2017年4月11日
京　畿道一山市で
（『Axt』2017年5・6月号掲載）

ウン・ヒギョン

ウン・ヒギョン（殷熙耕）

1995年、東亜日報の新春文芸に中編小説『二重奏』が当選して執筆活動を始める。著書に、短編集『他人への話しかけ』（韓国現代文学選集、安宇植訳、トランスビュー）、『幸せな人は時計を見ない』、『美しさが僕をさげすむ』（呉永雅訳、クオン）、『ほかのすべての雪のかけらととてもよく似たたった一つの雪のかけら』、『中国式ルーレット』、長編小説『鳥のおくりもの』（橋本智保訳、段々社）、『最後のダンスは私と』、『あれは夢だったのだろうか』、『マイナーリーグ』、『秘密と嘘』、『少年を慰めて』、『泰然とした人生』、『光の過去』がある。文学トンネ小説賞、東西文学賞、李箱文学賞、韓国小説文学賞、韓国日報文学賞、怡山文学賞、東仁文学賞、黄順元文学賞などを受賞。

インタビュアー　チョン・ヨンジュン（鄭容俊）

88頁参照。

翻訳　呉永雅（オ・ヨンア）

翻訳家。梨花女子大学通訳翻訳大学院講師、韓国文学翻訳院翻訳アカデミー教授。在日コリアン三世。慶應義塾大学卒業。梨花女子大学通訳翻訳大学院修士・博士課程修了。2007年、第7回韓国文学翻訳新人賞受賞。訳書にウン・ヒギョン『美しさが僕をさげすむ』、キム・ヨンス『世界の果て、彼女』、チョ・ギョンナン『風船を買った』（いずれもクオン）、イ・ラン『悲しくてかっこいい人』（リトルモア）、ハ・テワン『すべての瞬間が君だった　きらきら輝いていた僕たちの時間』（マガジンハウス）、パク・サンヨン『大都会の愛し方』（亜紀書房）がある。

肉体小説家の9ラウンド

チョン・ミョングァン

文 チョン・ヨンジュン　写真 ペク・タフム

　チョン・ミョングァンに会う前に考えた。「彼はどういう小説家だろうか」。しばらく前にも似たようなことで悩んだ。韓国文学翻訳院で発行している英語の季刊誌に、推薦の辞を書かなければならなかったからだ。彼の小説を推薦できるかという質問なら悩む必要はなかっただろうが、それが「チョン・ミョングァン」という作家自身のことだと迷ってしまう。

　最高の長編小説といっても過言ではない『鯨』から、最近出版された短編集『七面鳥と走る肉体労働者』まで、彼の小説は、良い。驚くべき小説であり、ずば抜けている。彼の小説を推薦できるかと問われたら、一点のためらいもなく「読め」と答えるだろう。だが、彼に関してとなるとわからない。端的に言って、彼について何も知らないからだ。一度、偶然同じ場に居合わせただけだ。ぎこちなく挨拶をかわし、昼食を食べ、コーヒーを飲み、夜は酒を飲んで話をした。それだけだ。そんな彼が私に、自分の推薦の辞を書けと依頼してきたのだ。

　正直言って、突然すぎた。好きな、尊敬する先輩の頼みだからすぐに承諾したものの、あとになってもずっと気になっていた。彼はなぜ僕に依頼したのだろう。親しい小説家があまりいないからかもしれない。親しい小説家はものすごくいっぱいいるが、たった一度会っただけの僕がものすごく気に入ったのかもしれないし、誰がどう書こうと関係ないことでもある。だが僕は、こう考えることにした。「一度の出会いだったが、彼が僕に見せた自分の姿を自分でも気に入っていることは明らかだ」。僕もまた、その出会いがとても楽しかったからだ。そこで、一度の出会いの印象に頼って推薦の辞を書いた。

それでも僕はまだ、「彼はどういう小説家だろうか」という質問にすっと答えられずにいる。彼がすばらしいということはわかっている。有能で、流麗で、スピードがあり、破壊的だ。だが、彼がどんな人なのかはわからない。そこで『Axt』創刊号での対談相手がチョン・ミョングァンに決定されたときにはうれしくて、喜んでインタビューすると引き受けた。よくは知らないが、だからこそもっと知りたいという気持ち——というか。読者の立場として小説家チョン・ミョングァンについて知りたいし、小説家仲間の立場としては先輩の執筆スタイルや小説に関する考えを知りたいし、弟分の立場としては、じりじりする先の見えない青春時代をどのように生き抜いていけばいいか、アドバイスを聞きたかった。

『鯨』（チョン・ミョングァン著、斎藤真理子訳、晶文社）

第1ラウンド／限りなくかっこ悪い自我

　インタビュー開始前に撮影をした。表紙に入るポートレイトだ。

「写真を撮るときはいつもまっすぐ正面を向くんだ。作家のプロフィール写真って視線が曖昧なものだけど、何が恥ずかしくて前を向けないのかわからないね」

　彼は、ぎこちなさを振り払うように冗談を口にすると、強烈な目でレンズを凝視し、自信ある表情で撮影に臨んだ。本当にモデルのように自信あふれる顔だった。だが僕は見た、彼の視線がかすかに揺れているのを。恥じているわけではないが、恥ずかしくないわけでもないように見えた。堂々たる態度とはにかみが半々に混じった、奇妙な表情だった。だが、それを隠して姿勢を正し、レンズに向かって無心にパッ、パッと視線を投げる姿は本当にかっこいい。僕はリアクションの良いスタッフみたいに「先輩、かっこいいですね」という言葉を乱発した。写真を撮っている間、僕たちは衣装について軽いジョークをやりとりしていた。

チョン・ミョングァン（以下、チョン）　ファッショニスタは良い服をいっぱい持ってる人じゃない。ダサい服を持ってない人だ。

チョン・ヨンジュン（以下、ヨンジュン）　ダサいという感覚はどういうものか？　文学でも何でも。

チョン　かっこよくなろうとすることかな？　世の中にはまだ、かっこよく見せようとする人たちや、かっこいいものが

残ってると信じている人たちがいる。だけど僕にとっては、そういう意識自体がかっこ悪い。文学も同じだよね。韓国文学はだいたいにおいて自意識過剰だ。90年代以後、ずーっとそうだったと思う。作家自身の内面的自我が投影され、ストーリーの代わりに作家の考えがアフォリズムでくるまれてそのまま読者に伝えられる。こういうのは何ていうか、特別な芸術家的自意識が作用しているからだね。現実はみすぼらしいし薄汚いから、作家たちには常にそういう超越への欲求がある。だけど作品の中に作家の自意識が強く感じられた瞬間、僕は興味をなくすね。

ヨンジュン ではあなたは、文章に作家としての自我を投影しないのか？　または意図的に、投影しないように努力しているのか？

チョン もともと作品に自我を出すことには慣れてない。10年間シナリオを書いていたけど、そこには自分の告白なんか入る余地はない。例外なく3人称を使うしかない。だからあるインタビューで言った通り、「真に語られるべきことは物語の中に沈潜しているべきだ」と考えている。オスカー・ワイルドも、芸術を表に出して芸術家は隠れるのが芸術の目的だと言っている。作家の内面的自我を表に出すことが文学的だと考える傾向があるが、僕にはやっぱり、それは不自由な、野暮なものに感じられるね。エッセイやコラムを書かない理由もそこにある。筆者の考えや意見が直截に現れるから。そのせいか、いわゆる本格文学というものをやることについては徐々に懐疑を持つようになった。こんなふうにやっていったら、結局僕の小説はジャンル文学に向かうんじゃないかと思う。

第2ラウンド／スペクトラム

　彼の小説はそれぞれ違う。短編どうしも違うし、長編どう
しも違う。彼は小説の専門家だ。たとえば鯨と七面鳥がいる
としよう。鯨と七面鳥という二者はどのような関係と感じら
れるだろうか。両者はどのように関連しており、いかなる基
準で並べられているのか。そこに何か関連性があるとすれば
何なのか。動物か？　哺乳類か？　爬虫類か？　でなければ
モノか？　わからない。つまり、チョン・ミョングァンは測
量不可能なほど巨大な胴回りを持つ鯨から、ビニール袋の
中で冷凍されているいじましい七面鳥まで書く作家なのだ。
「鯨」と「七面鳥」の間がどんなに遠く、相互に無関係に見
えても、必ず自分の小説として作り上げてしまうプロだ。単

純なエピソードを不思議な、詩的な物語に変化させるテクニシャンであり、遮ることのできない語り手である。僕としては「筆力がずば抜けている」としか説明のしようがない。

ヨンジュン　しばらく前にあなたの推薦の辞を書いているとき、いちばんよく頭に浮かんだ単語が「スペクトラム」だった。何ていうか、単純に小説のスペクトラムが広いというのではなく、その間を着実に行き来している感じがして。つまり、一方を鯨としてその対極を七面鳥と仮定したとき、どう考えてみてもその間がどうなっているか、容易には見当がつかない。その間にいったいどんな動物がいるのかもわからないし、両者が近いのか遠いのかもわからない。ちらっと考えたところではとても距離があって、つながりがないように見える。それなのに両者の間をまじめに往来して、その間をすべて体で埋めてしまうみたいに見える。何がどうなろうとも必ずやりとげてしまう肉体小説家というか。「好きに投げてみろ、全部打ってやるから」と何気なくつぶやいて打席に入るバッターみたいな感じだ。あなたにとって小説は本当に労働なんだなあ、熟練した技術者のような、小説におけるプロだなという気がする。

チョン　スペクトラムが広いとしたら、それは僕の努力や意図とは関係ない。生きてきた経験と環境によって偶然にそのような長所を持つことになったのだ。小説を書くときにこだわっている趣味、嗜好といったものはない。特に短編を書くときには、できるだけ自由に楽しんで書くようにしている。一種の遊びのように、さまざまなスタイルを試してみるというか。どの作家が書いたかすぐにわかるより、毎回違う文体

で書き、どの作品も違う作家が書いたように見えたらいいと思う。今回の短編集『七面鳥と走る肉体労働者』に入れた「椿の花」「ピンク」「爬虫類の夜」はそれぞれ違うスタイルを持っている。最近「退社」＊という短編を発表したが、それはジャンル小説だ。作品ごとに一貫した文体も主題もない。そういう点で僕は、自分でも芸術家にはなれないと思うんだよね。一貫性もないし熾烈さもないし、苦痛に耐え抜くだけの使命感もない。だからみんなが思っている芸術家とはかなり距離がある。

ヨンジュン　あ……とてもすごいことを言っている感じがする。苦痛に耐え抜く使命感がないなんて、まるで文章を書くときに苦痛を感じないみたいに聞こえる。スランプみたいなものはないか？

チョン　（笑）ずうっとスランプだ。書くことが苦痛ではないというのは、芸術家的自我との関連で言ったことで、書くこと自体はいつも難しい。実は『鯨』以後、ものを書くためのエネルギーがなかったんだ。どさくさまぎれに本を出しちゃったら、笑えるけど、本当にすぐにエネルギーをなくしてしまったんだ。『鯨』を書くときは面白かったよ。何らかの小説的な目標があったわけではなかったけど、それでも物語を作っていくのが楽しかった。興に乗って書いたというか。あのときは書く以外、やることがほとんどなかったからね。映画の仕事をしていて破産したから。当時、僕は人生に失敗したという強烈な感覚にとらわれていた。ひとことで言って「どんづまり」って気分だった。そして、失敗に対する感覚

＊　文学ムック『たべるのがおそい vol.7』（書肆侃侃房）に収録。吉良佳奈江訳

は、いまも完全に振り払えていない。最近になってやっとあの敗北感から抜け出したところなんだ。

ヨンジュン　それなら、文壇デビューと同時にエネルギーが切れたということになるけど、それでもずっと書き続けることを可能にした力は何だろうか？　「僕はプロだから心境とは関係なく、ただ書く」ということか？

チョン　すらすら書けたわけじゃないよ。短編集『愉快な下女マリサ』を編んだあと、文芸誌にも長編を連載したけど中断した。文学への疑いもあったし、ちょうど体調を崩していたし。そうこうするうちに『高齢化家族』に関するアイディアが思い浮かんで、書いてはやめ、書いてはやめをくり返して３年ぶりに本を出した。それで、連載をやらなくちゃと決心したんだ。そうやって出たのが『僕のおじさんブルース・リー』だ。そして、また休んだらいけないような気がして、本が出てから３か月目にまた新しい小説の連載を始めた。５か月で１万2,000枚書いたけど、それがまだ本になってないよ。まあ、だいたいそんなふうだ。短編はぽつぽつ、依頼に応じて書いて、去年、２冊目の短編集を出した。

第３ラウンド／遊ぶように小説を書く

　僕も小説を書くが、小説家たちに会うと気になることがある。「小説をどうやって書くか？」だ。この気がかりは精神面とか心の問題ではなく、純粋に物理的な作業方法に関するものだ。どんな時間に、どんな音楽を聴きながら、ノートは何を使い、ノートパソコンは何を使用しているのか。好んで

使うペンは何か。プロットを組むか。組むとすればどう組むか。プロットを組まない場合はどうやって書いているのか。第一稿を書いてそのまま発表するのか。第一稿をゆっくり、じっくりと書いていくのか、などなど。そんな細かい、瑣末なことが気になる。何か、その作家だけの秘策があるように思えて（あると信じてはいない。だけど、もしかしたらと思って）。もう少し効率的な良い方法があるような気がするのだ。だがそれについて質問する機会はあまりない。酒の席でいきなり真顔で「あの小説はどうやって書きましたか？　プロットはどうやって組んだんですか？」、こんなふうに聞くことはできないものだろうか。そこで、今回のインタビューではそれを聞いてみることにした。

ヨンジュン　小説をどうやって書いている？　構成する方法というか。シナリオを書いていたから、話を思いついて小説に書いていくときに、ほかの作家よりも具体的な方法、または違う方法でやっていそうだ。

チョン　何かアイディアを思いついたら、まずはメモをとっておく。僕のノートパソコンにはそういうのを集めておくファイルがある。たいがいは永遠に書かれずに終わる小説だが、中に、しきりと心惹かれるものがある。そうしたらまたメモする。その中のどれかに特に心惹かれたり、アイディアが蓄積されて「この程度なら書けそうだ」という気分になり、スタイルが固まってきたら本格的に書きはじめる。

ヨンジュン　シノプシスやストーリーボードは使うか？

チョン　使わない。基本的に、僕には全体を見渡すための感覚があるみたいだ。話の全体像を頭の中に持っていて、プ

ロットと構成を自由に動かしてみる。手に持って遊ぶ感じで、この場面を後ろへ持っていって、ここからこんな事件が起きて、こういう人物も入ってきたら面白そうだな、というふうに。文章は、一針一針縫うように書いていくスタイルではない。僕はもともと、文章で何かをしようとは思っていない。読者の耳に引っかかるそれらしい言葉、いわゆるアンダーラインを引かれるような文章を作り出そうと努力することもない。文章はすでに決められている。ストーリーを最も正確に伝達すること、それで十分だ。それだけだ。

ヨンジュン　小説ごとに素材や形式、文体は違うが、テーマ意識というのか、作品群を貫通する、あるいは似たところをつないでいくような共通の地点がある。何か一貫して関心を持ち、興味を持ってくり返し書いていることがあるか？

チョン　特に意識することはないが、書いてみるとだいたい貧しい人たちや失敗した不幸な人たちの物語が多くなる。どうしてそうなるのか僕もわからない。もうちょっとポピュラーで面白い物語、つまり甘美な話や涙ぐましい話、読者の羨望を刺激するようなそれっぽい話もたくさんあるのに、どうしてずっとそんな沈うつな話を書いているのかわからない。これからはそんなことは書くのはよそうと思ってるんだ。実際、いまどきそんな話を誰が好むだろう。大衆もそうだし、文壇内でもそうだ。でも、実はいま書いてる話も子どもの物乞いの話なんだ（笑）。

ヨンジュン　しばらく続けて小説を書くときは、日課をどうしている？

チョン　主に午後に書く方だ。半日の半分ぐらいは書くと思う。実際に書く時間は日に3、4時間。そうやって毎日仕事を

したらものすごい量が書ける。でも、実際にそうはできない。

ヨンジュン　いま、レジデンス＊で2か月過ごしていて、以前は小説を書くためにタイにもいたと言っていた。執筆するときに特定の空間を必要とする方か？

チョン　そういうことはない。空間のおかげでうまく書けることはないね。ただうっとうしいからどこかへ行きたいだけで、実際にそこへ行ったら何かうまくいくわけではない。特に周囲の環境や空間の影響を受けることはないみたいだ。結局、心の状態が重要だ。

第4ラウンド／肉体小説家

「七面鳥と走る肉体労働者」には、むさくるしく疲れはてた一人の男が出てくる。彼はあらゆる面で失敗した男だ。悔しがったり怒ったりして当然な状況にあるのだが、怒ることすらできない、いや、怒るべきだということすら忘れたように見える無気力な負け犬だ。物語は人物を放っておかない。残忍なほどに死角へと追い込んでいく。彼はやせ細った両腕で防御姿勢をとり、降り注ぐパンチをくらってやっとのことで立っている。ついにゴングが鳴る。ビニール袋の中の冷凍七面鳥を斧のように振り回すのだ。叙述は絶頂に至り、人物は憤怒し、パトスは炸裂するが、小説は不思議と寂しいハプニングのように感じられる。火山のように噴出するのではなく、溶岩のように地面を覆ってゆっくりと流れていく熱さ、といおうか。僕はこの小説を書いた作家が『鯨』の作家だということが信じられない。この人が『愉快な下女マリサ』を書

き、『僕のおじさんブルース・リー』も書いたということが信じられない。だから彼はプロなのだ。面白いから書くのでも、個人的に書くのでもない。彼は文章の専門家であり、アスリートだ。彼の文章は骨と筋肉からできている。計量を控えた格闘家の肉体のように無駄がなく、キレがいい。相手によって新たな戦略を立て、リングで起きる多様な変数に感覚的に反応する。目標は勝つことだけ、一貫した方法というものはない。僕は彼を肉体小説家と形容したい。彼は小説を書く前、手足を使うさまざまな仕事をしてきた。同様に小説を書くときも体を使っている。だから彼にとって小説を書くことは芸術ではなく、労働であり仕事だというわけだ。

チョン　社会人であるということは、読書はできないということを意味する。一時期僕の小説を読んでくれた弟もいまは本を読めない。それはちょっと悲しいことだが、食べていくのがたいへんだと読んでいられない。そういう面で、読書はとても特殊な行為だ。20代のころは本を読むのが好きで、あれこれ読んだ。ゴルフショップの店員を3年やったが、あのときは疲れていても本を読んだ。詩集も読んだし小説も読んだし、そのうえ最近は読まない文芸誌まで当時は一生けんめい読んだ。それを通して、当時の重要な論調に接していた。民族文学とか労働文学とか、「社会構成体論争」＊だとかいったこと。当時の僕はゴルフショップの店員だったが、そういうことに興味があった。いまは何を読んだかよく思い出

＊　短期賃貸マンションのような施設
＊　1980年代に展開された主に韓国の資本主義をめぐる論争

せないが、白楽晴*、金明仁*、曺貞煥*といった方たちの本を面白く読んだ記憶がある。

ヨンジュン もともと20代のときから文学に関心があったようだ。

チョン 文学というより、世の中への批判意識みたいなものがあった。僕たちの世代は若いころ、大学に行って自然に社会問題に関心を持ち、組織的に学習プロセスを踏んでいった。僕は孤立していたので本を読んだのだ。それによって僕の人生が変わるだろうと期待することはなかったが、それでも何か知らなくてはという強迫観念があった。

ヨンジュン 文学はそういったことをテーマにし得る、文学評論にはそんな側面があるということに関心があったのか?

チョン あのときは文学がいまよりも世の中の中心にあるという感じがした。いまはずいぶん周縁に追いやられた感じだけど。こんなことを言うと先生たちに怒られるかな(笑)。とにかく、文芸誌だけではなく、当時大学生が読んでいた理論書などを熱心に読んでいた。結局は大学に行けなかったコンプレックスだったんだろうけど、そこには明らかに何か大事なことがあるという感じがあった。世の中の中心という感

* 1938〜、評論家。韓国民主化運動の理論家の一人として有名で、広範な影響力を持つ。1966年に文芸誌『創作と批評』を創刊し、1970年代に民主化と民族統一を目的とした「民族文学論」を提唱した

* 1958〜、評論家。『創作と批評』に「農民文学と民族文学」を発表してデビュー。白楽晴の「民族文学論」がプチブル的知識人の観点を志向しているとして批判し、労働者階級が文化的主体となる「民衆文学論」を1980年代に主張した

* 1956〜、政治哲学者。白楽晴の「民族文学論」を金明仁よりもさらに急進的に批判。社会構成体論争に大きな影響を受けながら、「民族文学論」の核心は労働階級の党派性を駆逐することにあると主張した

じ？　当時の大学生たちが自然に接し、学んだことを、一人で苦労してやっていたと思う。何も情報がないし、ものさしもなくて、まるで目の見えない人が象を触って確かめるような感じで手探りで勉強していたから。おおよそでも象の全体像をつかむまでには、本当にたいへんな時間がかかった。そしていまだに、誰もが知ってて僕が知らないことがたくさんある。

ヨンジュン　20代から多様な分野の本を読み、自分なりに勉強されたのだと思う。関心も豊富で。

チョン　それでも何か、緊張して頑張っていた時代があったから、作家になったのだろうと思う。社会経験が豊富だから小説家になったんじゃないかとか、シナリオを書いていたからストーリーを扱うことに慣れていたんじゃないかとか言われると、ちょっと呆れてしまう。映画畑でシナリオを書いている人がどれだけ大勢いると思う。それなら、彼らの全員が小説家デビューしなくちゃならないだろうし、また、いわゆるどん底の経験をした人たちがみんな小説を上手に書けるとしたら、小説家が何百万人にもなるよ。

ヨンジュン　その通りだ。みんなが小説家に対して持っている基本的で単純な誤解がある。多様な話をたくさん書いてい

るところを見ると社会経験が豊富なんだろうと。言い換えれば、社会経験が豊富なら物語を書けると。それはもちろん間違いではないけど、正確な言い方でもない。あなたのインタビューをいくつか探して読んだが、そういう感じのアプローチが多い。

チョン 映画の仕事をやっていて、どん底の経験もした。だからこの人物はこんなふうに文を書くんだなとか、そういうふうにいくつか単純な情報によって単純に規定し、さっさとかたづけてしまう性質がある。まあ、それもどうしようもないことだが。

第5ラウンド／境界に立って

　小説の世界には見えない境界がある。誰ひとりその実体を説明することも、こっち側とあっち側をはっきり区分することもできないが、その線はある。透明だが固い壁が立っていて、狭いが深い谷が横たわっている。純粋文学か参与文学*か、純文学かジャンル文学か。いまやそんな区分は古くさい、かっこ悪いものになったようだ。だがその線は、不思議な、曖昧模糊とした方法で、相変わらず存在しているらしい。それは奇妙で不明瞭な基準だが、実際には非常に強い力を持ち、影響力を行使している。文学の水準、深さ、面白さ、意味の違いについて論議を牽引し、評価を作り出すからだ。こういったことについて、僕はよく知らない。ただ、良い小説

*　文学者が作品を通じて政治や社会にコミットする文学

は何かという質問に対しては、自分なりに単純で確固たる立場がある。良い小説とは、どんな方法であれ魅力的な（面白い）小説だ。この問題を批判的な視点から公に論ずる際、最もホットな作家として浮上するのはチョン・ミョングァンだろう。彼は「その基準」をめぐって見るとき、明らかに境界に立つ作家だ。

チョン　境界というのは、文壇と文壇の外の境界のことか？
ヨンジュン　いろいろな意味にとってもらってかまわない。
チョン　僕の作品の性格もパーソナリティも、文学への態度もそういうものだから、こっち側の人たちの目にはそう見えるのだろうと思う。自分でも、文壇にすっかり属しているという気はしないからね。実際、文壇の話を聞くと、僕とは関係ないよその町の話みたいに感じられる。言ってみれば、教会に通っているけどあんまり信仰の篤くない信者になったみたいな気分だ。だからなのか、堅固な信仰を持った兄弟姉妹からの気まずそうな視線を感じるときがある（笑）。
ヨンジュン　その境界からこっちを見るときの感じはどんなものか、気になる。
チョン　文壇をけなしてくれという意味に聞こえるんだけど……（笑）。文壇の作家たちは視線から自由になれないのだと思う。どういう視線かというと、まさしく先生たちの視線だ。机の前で書いている間じゅう、先生たちの厳しい目が常に背後から自分を見守っているわけだ。スタート地点からしてそうだ。大学の文芸創作科に行き、教授の指導鞭撻と評価を受ける。そして文壇デビューするときには審査員の先生たちの審査、原稿依頼を受けるときにも編集委員の先生たちの

評価、文学賞の候補に上るときにまた審査員の評価、ついに文芸創作に関連する助成金＊をもらうときも誰かの審査を受ける。つまり、文壇生活をするということは、ずっと先生たちの評価と審査を受けることを意味する。

ヨンジュン 先生たちの視線が背後にある。意味深長なことばだ。考えてみればいまの文学というものは授業の形態、すなわち教え、学ぶ構造になっているから。高校生のときから、文芸創作科に進学するために課外指導を受け、文芸創作科でまた書き方に関する授業を聞くのだし。相当数の作家が先生たちの視線とことば、そして文学的判断みたいなものから自由になりえないようだ。

チョン 当然だ。結局、先生たちの評価と審査が作家の文学的成果と文壇での位置を決定するしかない状況だから。こうなると、果たして何が起きるか？　先生たちの審査は常に秤のように公正で、ガラス玉のように透明なんだろうけど（笑）、問題は審査する人たちではなく、審査を受けなくてはならない位置にいる人たちだ。作家が顔色をうかがわざるをえないということだ。酒の席での顔色だけでなく、文章を書くときすでに審査員の視線を意識しないわけにいかない。

　最近の新人たちの書いたものを読むと、みんなすごくお利口さんだ。文壇に出るときからもう準備ができているような感じだ。どう書いたらデビューできて、どう書けば文学賞をもらえるのか目ざとくわきまえている。作家たちの想像力や嗜好性が工場で生産されたもののようにみんな似ていること

＊　国や公益法人、文化団体などによる公募制の創作助成金のこと。韓国では文芸作品に対する助成制度が多い

は、信じがたい。そして、それらをまとめて一つのポケットに入れても、尖って突き出してしまう錐（きり）の一本もないのは不思議なくらいだよ。結局それは、先生たちの視線が絶対的な影響力を及ぼしていることを意味する。そのシステムが50年以上文壇を支配している。外から見ると信じられないほど権威主義的で前近代的だ。それはいかなる意味から見ても、悪しき営みだよ。

ヨンジュン　20代のときに文芸誌を読み、社会問題について悩んだと言っていたが、いまはどうか？　最近、作家たちが社会的な問題を前にして責任感を感じ、敏感に反応している。いまのセウォル号関連のこともそうだし、何年か前の龍山（ヨンサン）惨事の際の六・九作家宣言＊もそうだし、文芸誌も多くの誌面を割いて関連する議論を載せたり特集を組んだりしてきた。小説家としての社会意識や、公的な責任感といったものを感じる方か？

チョン　知識人だと思ったこともないし、芸術家だという自意識もない。だから、そんな大げさな責任感などあるはずがない。若いときは社会問題への関心もかなりあったが、テレビのニュースも観なくなって7年以上過ぎた。いまは自分の人生をやりくりするので手一杯だ。歳をとって、体も以前通りではないしね。死がはるか遠くのものではないという感覚もある。僕は徹底して個人として生きるのみで、可能な限りそうしたいと思って努力している。それが世の中に害を及

＊　2009年1月にソウル市龍山区で、立ち退きを迫られた住民がビルの屋上を占拠し、警察による鎮圧の際に住民5人と警察官1人が死亡した事件に対し、詩人、小説家、文学評論家ら188人が連帯して発表したもの。惨事を招いたのは事態を強行鎮圧しようとした李明博（イ・ミョンバク）政権であるとして痛烈に批判した

ぼさない最低限の倫理的な生き方だと思っている。

ヨンジュン　自分の作品が世に出て影響を及ぼし、どんな意味を持つかには関心がないということだろうか？

チョン　あえて答えるなら、こんな気持ちがある。金持ちのためには書かない。大げさな意味を付与したくないが、それが僕にとっては作家としての最低限の倫理みたいなものだ。しばらく前に「退社」という短編を発表した。スーパーリッチが支配する未来社会に関する陰うつな話なんだが、あとで読んでみて、その中に、この社会への僕の絶望と憤怒がこめられていることに気づいた。だが、作家がどんなに真摯な社会意識を持っているかは重要じゃない。作家がどのように意味のあるスタイルでその意識を表現するかが重要なのだ。誰がいちばん熱烈か、というような、「何をなすべきか」だけが重要だった過去のリアリズム文学が美学的に淘汰されたのは、まさにこのような苦悶があったからだと思う。

　個人的に、これと関連して思い出す作家が一人いる。蔣 正 一（チャンジョンイル）その人だ。当時彼は、ほかのいかなるアートよりも前衛に立ち、新しいスタイルを作り出していた。そこには硬直した社会に衝撃を投げかける、価値観をひっくり返すよう

な性質があり、みんなが一度も思いつかなかった方法でこの社会を透視してみせてくれた。大半の人々の同意を得られないだろうが、僕は彼が文学を世の中の中心に、そしてアートの前衛に据えた最後の作家だと評価している。以後、文壇はあのように破壊的な可能性を持った作家を輩出できずにいる。むしろ彼を殺害し、孤立者をもって自任させ、文学主義の城砦（じょうさい）に自分を閉じこめさせた。もう20年も前の話だ。

ヨンジュン　文学に失望しているか？

チョン　当時、僕には何の関係もないことだったから、失望したわけでもないが、とにかく90年代以後、自然に韓国文学とは距離ができた。代わりに映画の方へ関心が向いた。以後の話は苦々しい失敗談だから、特に話すことはないけど。

ヨンジュン　90年代に現れた何らかの変化と傾向が、いまに至るも一つの正統として固定化していることが気に入らないようだが。

チョン　内面性の文学？　文学主義的文学？　何と名づけたらいいのかわからないが、気に入らないというよりはただ、気質と趣向の違いと言っておこう。莫言がノーベル文学賞受賞の所感で、自分はマルケスやフォークナーの影響を受けたが、そのようにある作家がほかの作家の影響を受けたとしたら、それはおたがいの魂が似ているためだろうと言った。多分こっちには、僕と魂の似た人があんまりいないんだろうね（笑）。

第6ラウンド／知らないふりして全部知ってる

　彼を小説中の人物と想定して分析したキャラクターは次の通りだ。外側にいると言いながらも中心にいる人だ。終始一貫冗談を言いながら、その中に真摯な思考と本心をすっと入り込ませる人だ。適当に書いてるようなことを言いながら、顔には執筆の疲れがいっぱいに表れ、「僕はよく知らないが……」と言いながら実は何もかも知ってる人だ。結婚生活についてものすごくよく知っている独身男であり、女性について知らないことのない（これは信頼できない）老チョンガー＊である。生きることに精通した人生の先輩かと思えば、ある瞬間には憂うつそうなモダンボーイになる。年齢を想像できない若々しい顔のせいで、すぐにひざを崩して「兄貴」と呼びたくなる衝動を覚えるが、そんなことをしたらただちに真顔で叱られそうな男だ。

ヨンジュン　では、どういう小説が好きか？
チョン　主にアメリカの小説を読んでいた。ジョン・アップダイク、ヘミングウェイ、トニ・モリスンなどなど。その後、カート・ヴォネガット、ジャージ・コジンスキーといった作家も好きになった。ジョン・アーヴィングも作品を全部読むくらい魅了されたし、莫言や余華、格非といった中国の作家たちの作品を読むと、僕と魂の似た人たちだという気がする（笑）。そうだ、エルモア・レナードも好きだ。『ゲット・

＊　総角。朝鮮の未婚男性の髪型で、転じて「独身」の意味で使われるようになった

ショーティ』や『ジャッキー・ブラウン』など映画の原作を書いた作家で、彼が好きな理由は、生きたキャラクターをうまく描き出しているからだ。

ヨンジュン レジデンスに2か月いたということだが、どんな作業をしていたのか？

チョン 連載が終了した長編を仕上げようと思って来た。まだ半分しかできていない。2年前ぐらいに連載を終えて、1年以上ぐずぐずしていて、あるきっかけでまた映画をやってみようと思った。それで、1年半ぐらいシナリオを書いてたんだ。ところが制作費があんまりかかるんで、ちょっと中断している状態だ。ちょっと戦略を変えないといけない時点に来ている。だからいろいろと悩みが多いよ。

ヨンジュン 最近、興味を持っていることは何か。

チョン 何かわからないけど、面白いことをやろうと思っている。映画をまた作ってみたい気持ちもあるし。50歳を過ぎて人生を変えたいと思う人はほとんどいないけど、それができればもっと人生が面白くなると思う。

ヨンジュン 一般的に作家は一人でいることが好きなのに、あなたは知らないところで一人でものを書くのがつらいと言っていた。仕事のスタイルという面で見れば、小説の執筆と映画を作るプロセスとの究極の違いがここにあると思う。小説は一人でやるもので、映画は大勢が一緒にやるもので。

チョン 僕は作家気質ではないと自分でも思う。いわゆる思索家タイプとは距離がある。それと、一人でやることがあんまり好きじゃない。人が好きだし、人と一緒に働くことも好きだ。ずっとそうやって生きてきたし。でも小説は最初から最後まで一人でやるんだよね。そして、密度のある集中

力と執筆労働が必要になるが、僕はやはりそれをやりとげる
のに苦労する。机の前にずっと座っていなくてはならないが、
もともとそういうことに縁がない人間みたいだ。歳をとって
ちょっと落ち着いたことは落ち着いたが、集中力がたいがい
なくて、気が散りやすい。実際、学校に通っていたころの生
活記録を見ると、注意力散漫というお叱りがいつも書いてある。

ヨンジュン　でも、とにかく小説家として、それも成功した
小説家として 10 年以上生きてきた。小説家として生きるっ
ていうのはどうですか？

チョン　成功かどうかはよくわからない。でも、作家の生活
に関してはとても満足している。この世にこんな職業がある
なんて！　という気分だ。すごく認められたわけではないが、
それでも誰かが僕の本を読んでくれてそれでごはんが食べら
れて生きていけるなんて、ラッキーだと思う。そのうえ、出
勤もしなくていい。何より、いままで僕が経験してきた仕事
にくらべたら本当にいい仕事だ。だから一生けんめい書かな
くてはならないが、信仰が深くないんだね。チッ！（笑）

第 7 ラウンド／職業 —— 小説家

　いつだったか彼は言った。「金になるものを書け。小説で
食っていくことを考えろ。小説を愛し、頑張って書いていこ
うという気持ちも、食っていけてこそ持ち続けることができ
るんだから」。当時の僕はそれを聞いたとき、抵抗を覚えた。
そんなことばはチョン・ミョングァンだから言えるのだ。誰
がわざわざ金にならない小説を書くものか。それは自分の思

い通りにできる、意志通りに動かせる問題ではない。彼は僕のそんな反応に笑って、もう少し詳しく説明してくれた。要約すれば、小説を書くときの気の持ちようを変えろということだった。読者を考えて物語を考えろというのだった。僕はじっくり考えてみた。読者を考えるとはどういうことか。僕は読者が自分の文章を読んでくれることを、ありがたく、不思議なことだと思うだけで、自分から読者に向けて書くことはあまり考えたことがなかった。インタビューをすればするほど、彼のことばが理解できたし、うなずけた。

ヨンジュン 小説を書こうとしている人たちにアドバイスを求められたとき、いちばん頻繁に言うのはどんなことばか？
チョン 根本的に、ものを書いて自分の生計を維持できるのでなければならないということを話す。そうでないと、ものを書くことにも疑いが生じる。先輩作家の中にそんな人たちがたくさんいる。一生ものを書いてきたが、食っていけない。それで文学を愛し続けることも困難になる。当然そうなるだろうと思う。不都合な真実とも言えるけれども、文学をずっと愛していくためには、稼ぎがなくてはならない。
ヨンジュン 小説家も見方によっては職業だと言えるが、この職業で食っていける人は多くないというのは考えてみると本当に皮肉だ。理由は何だと思うか？
チョン 文学は宗教ではない。崇高な信念ではなく、技術を必要とする仕事だ。僕がよく引用することばに、ジョイス・キャロル・オーツのことばがある。文学に芸術だけがあって技術がなかったら、個人的なものにとどまる。一方、技術だけがあって芸術がなければそれは飯の種にすぎない。『作家

の信念』に出てくることばだが、ここでいう技術（クラフト）とは単純なテクニックではなく、長い間蓄積されてきた職人芸的な技術、つまり鍛冶屋が鉄と火を扱う技術のようなものを言っているのだ。僕は文学にもそういう技術があると信じている。だが韓国における文学は、宗教のように崇高な態度と精神的価値だけを強調する側面がある。食っていくための稼ぎは卑しく、芸術は崇高だというような、そんな雰囲気が問題だと思う。

　文学賞という制度もそういう雰囲気の一助となっている。大部分は短編に与えられる賞で、賞はいろいろあるが、評価の基準は画一化されている。審査委員がみんな同じ先生たちだからだ。言ってみれば、O・ヘンリー文学賞だけがあってブラム・ストーカー文学賞はないというわけだ。毎シーズン、文学賞をめぐって競われるこのリーグでは、長編よりは短編が、ストーリーよりは文章が、叙事よりは描写が重要だから、当然、大衆の嗜好とは乖離している。だが、作家の文学的成果をはかる唯一の物差しが、文学賞をどれだけ多く収集したかということだから、作家なら誰もがこのリーグを棄権することさえ難しい。実際、短編集を5、6冊出したある作家がため息をついているのを聞いたことがある。20年間も毎シーズン短編を書いてくると（僕はこれを短編生活と呼んでいる）、もう書くこともなくなって、エネルギーも枯渇したと。これまでに文学賞もそれなりにもらうだけもらったが、依然として食っていくのは容易ではなく、まだ50歳にもならないのに先のことの方が心配だと。だから僕は、作家志望者にアドバイスを求められたら、可能な限り文壇に足を突っ込まず、外で作家の道を模索してごらんと言っている。いったん

文壇リーグに足を踏み入れたら、望みなき短編生活を送らなくてはならないが、文学賞をめぐって競うこのリーグで成功を収めて専業作家として食っていくことはあまりにも難しいからだ。この10年に文壇デビューした作家のうち、会社員程度の収入を上げている作家がどれだけいるか心配だ。僕の想像では一人もいないんじゃないか。だとしたら深刻な問題じゃないか？　結局、作家にとっても読者にとってもあんまり楽しいリーグではないみたいだ。

第8ラウンド／怠け者名人の余裕

　チョン・ミョングァンの第一印象は今イチだった。まだ目が覚めていないような顔で、伸びたTシャツとだぶだぶのジャージを着ていた。髭はぼうぼうで、当分剃る予定がなさそうに見えた。疲れているようで、退屈そうだった。万事が面倒くさいといわんばかりにゆっくりとまばたきしていた。僕の立場から見たら彼はものすごく会いたい、憧れの作家だったのだが、彼は僕に関心すらないように見えた。失望とまではいえないが、寂しかったし残念だった。僕は彼がもうちょっとダイナミックな、鋭い眼光を発する作家だと想像していたのだと思う。だが時間が過ぎるにつれて、彼はひとことふたこと話しはじめ、冗談を言い出した。何ということもない話の中へ繊細で鋭いことばが一言ずつ、ナイフのようにさっと切り込むこともあり、答えに詰まる質問で僕を混乱に陥れることもあった。その後僕は彼のことばにじっくり耳を傾け、それを楽しんだ。彼は、二言目には自分は失敗者だと

言うのだが、僕の目にそれは、成功した作家の余裕とへらず口に見えた。彼の顔は疲れてかさかさしていたが、目はきらきらしていた。

ヨンジュン　別のところでインタビューに応えているのを読んだが、失敗についてずいぶん話していた。以前、僕にも、酒の席でキ・ヒョンド＊の「空き家」を引用しながら、結局、作家とは恋愛に失敗して文章を書くんだと言ったことがある。失敗にまつわる何らかの感情をミューズとするんだと言われたのが印象的だった。失敗という感覚と感情について話してほしい。

チョン　ああ、「恋を失い　僕は書く」だね（笑）。振り返れば僕は何もかも失敗してるんだ。成功したことはない。だいたいそんな感じで生きている。

ヨンジュン　失敗しないように頑張った？

チョン　当然だよ。僕には仲間と言えるような存在がいなかった。だから僕に優しくしてくれて、あたたかみを感じさせてくれる人たちを追い求めていたんだと思う。でも、結局失敗した。映画畑でも、文壇でも。それが運命らしい。だから失敗について、経験と感覚の力で書き続けている。

ヨンジュン　そんな気持ちで小説を書いたら挽回できるか？

チョン　できるわけがない。これは大げさな言い方みたいだけど、僕だけがそうなんじゃない。人は運命的に、皆失敗するしかない。僕らの世代のほとんどはそうじゃないかと思

＊　詩人、1960〜1989。29歳で夭折、詩集『口の中の黒い葉』が90年代のベストセラーに。民主化後の空虚感と絶望を歌った作品が若い読者に影響を与えた

う。みんな大それたことばかり考えていた。大いに国を憂い
て、権力欲も強く出世欲も強く、そうなると自分自身のこと
には本当に、あんまり関心を持たない。僕もそうだったと思
う。実際の人生を構成するのは、生活そのもののきめ細やか
な手触りなんだが、幻みたいな目標や欲望が先立って、そこ
に隠れている自分自身を顧みなかった。最近になって、そう
いった点について考えるようになった。ちょうど近代化をめ
ぐる話と似ている。僕の意識がどう出発して、どんな過程を
経て変異してきたかを探ってみているんだ。僕の夢は何だっ
たのか、その夢はどうやって作られたんだろう、そしていま
の意識構造はどうやって生成されたのか。そんな思考を通し
て、自分自身がどういう人間か少しわかるような気もする。

ヨンジュン 失敗への感覚がものを書かせもするし、ものを
書く過程で悩み、考えることが自分を知ることを助けてくれ
たということか？　それはそうと、なぜいまもずっと失敗し
ているのか？　恋愛のことだけでも話してほしい。結婚はし
なかったそうだけど、安定を夢見ると言いながらも安定を拒
否しているのではないか？　何というか、安定を夢見る持続
的な状態で、安定的な人生を送っているみたいな。

チョン　うん……そうじゃないと思うけど、実際はそうでも
ないみたいだな（笑）。だけど、いつも安定を夢見ているよ。

第9ラウンド／されど小説

「文学は死んだ」「近代文学の終焉を宣布する」「読者が小説
を読まない」「韓国小説はつまらない」といったことが言わ

れる。当たっているか外れているか判断はできないが、少なくとも小説が困難な状況に置かれていることは間違いないように思える。書く者にとっても、読む者にとっても、出版する者にとっても危機だ。だが、困難だ、危機だというのは昨日今日に始まったことではない。だからといってただ無視することもできない、歯がゆい状況だ。どうすればいいのか、チョン・ミョングァンに聞いた。

ヨンジュン　最後の質問だ。実際、インタビューしながらずっと皮肉だと感じていたんだけど、あなたのことばや考えとは無関係に、僕はあなたが韓国文学の重要な位置にあると考えている。読者に愛され、選ばれていることだけでなく、文学的にも認められていると思う。『Axt』は小説を重点的に扱ってみたいという気持ちと意志から出発した小説専門の雑誌だ。創刊号であなたをインタビューすることに決定したのは、雑誌を作る者たちが、あなたを韓国文学において重要な意味を持つ小説家だと判断したからだ。あなたは境界に立つ作家だと思う。境界にいるということは、双方の外部にいるということでもあるが、双方とつきあえる地点を確保しているということでもある。もちろんあなたはインタビューの間じゅうずっと、自分はそうじゃないと言っていたが、僕はいま、この瞬間にも、あなたがとても重要な地点に立つ影響力ある小説家だと考えている。いずれにせよ、『Axt』に望むことや、韓国小説全体に望むことがあるか？

チョン　ある作家の人生について話してみようか。文芸創作科か国文科を出て、一生けんめい小説を書き、適当な年齢で文壇デビューする。文章も立派だし、それなりに個性的なス

タイルも備えている。評論家たちがたびたび、時代の兆候を
とらえるためのきっかけを、ネタみたいに投げてくれる。そ
うやって文壇が注目しはじめると、毎シーズンもれなく主要
文芸誌に名前が載る。適当な時期になると文学賞候補にも名
前が上る。そして短編集を出し、一つ、二つと文学賞を収集
しはじめる。そうやってキャリアを積んでいる間に大学の方
ともつながりができ、講師も並行して務める。主要な文学
賞も受賞しつつ、40歳前後で、とうとう大学教授として赴
任する。ここがハイライトだ。お祝いが殺到する。ついに！
という、まあ、そんな感じだ。以後、あれこれ審査に顔を出
す。予審から本審まで、審査員名簿から名前が抜けることは
ない。そうやってどこにも角を立てず、どっちを向いても円
満に、弟子も育て上げ、後輩も大事にして、尊敬される文壇
の元老として老いてゆく。作家個人の人生を見れば何の問題
もない。だが、ふと、彼の代表作は何だっけ？　と思うと、
これといってタイトルが思い浮かばない。やっと思い浮かん
でも、そんなもんだったっけ？　という感じがする。作家は
有名だが、作品のことを思うと何か虚しい気持ちになるのは
なぜか？　それは、企画商品のように、純然たるシステムが
作り出した作家だからだ。
　演劇の場合、いまや助成金なしでは誰も制作をやらない。
伝統音楽の世界も同じだし、舞踊界も世間とは無関係に、大
学を根拠地として存続するのみだ。そういう点から見れば、
文学はまだましな方だ。お姑さんの70歳のお祝いに弟子を
動員して公演させたり、花束で殴ったりするほどじゃないか
ら。だが、だんだん世間から遠ざかっている感じだ。孤立を
自任しているからか、森の中の湖みたいに静かだが、その中

肉体小説家の9ラウンド

チョン・ミョングァン

で何が起きているのか知りようがない。だから、前は文壇は社交クラブみたいなものだと思っていたが、最近はどこかの密教集団みたいな雰囲気だ。ちょっとぞくぞくするね。結局、国からの創作助成金と、助成金の性格を備えた文学賞の賞金で生計を立てなくてはならない仕事なら、何よりも処世術が大事な芸術なら、芸術家の最終目標が大学教授のポストなら、そんな文学が世の中へ出て何ができるのか？　それはもう世の中での有効性を失っていると見ても差し支えないだろう。

ヨンジュン　あなたの認識にはだいたいにおいて同意する。ところで、こうなったのは何が問題だったと思うか？

チョン　最初に文壇に出たとき、誰かが僕に助言をしてくれたことがある。言わざるで３年、聞かざるで３年、嫁に行ったと思って暮らせ、そして徳を積めと。言ってみれば処世術を身につけて人脈をうまく使えという意味だった。韓国社会がだいたいにおいてそんな雰囲気だということは知ってたが、文壇までそんなところだとは想像もしなかった。だが、実際に経験してみて、文壇には絶対に倒れない権力が存在するということに気づいた。僕はそれを文壇マフィアと呼ぶ。出版社やマスコミ、そして大学がカルテルを形成してシステムを作り、作家たちを支配している。作家はもはや文壇の主人ではない。先生たちが主人だ。こんな意見を言うとみんな跳び上がって激しく怒るだろう。だが、権力はいつもその権力の存在自体を否定してきた。十何年も前に文壇でも権力論争があった。そのときも文壇権力論争は偽りの論争だと言って、権力の存在自体を否定する者たちがいた。だが僕は、すべての審査の席についている先生たちの名簿を確認するたび、その実体を実感する。

ヨンジュン　では結局、文壇権力の問題だということか？

チョン　そうだ。いまの文壇システムは読者と関係なく、徐々に、より大学に従属しつつある。文芸創作科がなかったら文学は消えるだろうとも言われている。先生たちはみんな大学を根拠地として水中から文壇に見えない影響力を行使する。みんなその事実をよく知っているが、誰も言わない。それは誰も文壇システムから自由ではないからだ。はじめは僕も、先生たちもみんな寂しいから宴席に出てきて一さじ二さじ召し上がるのだろうと良く考えていた。ひいては、文学を心から愛しているからだろうとまで思っていた。だが、一さじ二さじ程度ではなく、文学の体質を変えてしまっているのが問題だ。自分たちの権威のために文学を孤立無援の山中に引っ張っていき、作家と読者の距離をどんどん広げている。

ヨンジュン　ちょっと危険な話みたいだが……そんなことを言っても大丈夫か（笑）。

チョン　実は僕も先生たちが怖い（笑）。だが、もう50歳も過ぎた。適当に処世術を使って文壇の元老として老いていきたいとはみじんも思わない。僕はそんなふうに生きるように生まれた人間ではない。いまも審査依頼が来ても引き受けないのは、僕とは体質の違う仕事だと思うからだ。

ヨンジュン　だとしたら、あなたの考える代案は？

チョン　まず、作家が食っていける場でなくてはならない。そのためには先生たちがまずさじを引っこめないと。編集委員とか審査員とかいって文学に影響力を行使するのを放っておいてはいけない。それはまるで神様と信徒の間に割り込んで権力を享受していた、中世の聖職者みたいなものだ。作家と読者の間になぜ先生たちの指導鞭撻が必要なのかわから

ない。必要なものがあるとすれば、有能で鋭い編集者だけ
だ。遡って先生たちが文壇を占領したのはコンプレックスの
せいだ。歴史が浅いから、何か権威が必要だったし、それを
大学から借りてきたのが結果的に主客転倒したのだ。知識人
によって芸術が占領されてこのざまだ。ほかの芸術分野も似
たような道を歩んできた。だが、文学には文学主義の城砦に
とじこめることができない力動性がある。いまも読者は、面
白い作品を待ち焦がれている。だって、映画畑は大学の権威
を借りなくてもちゃんと動いているじゃないか。文壇も当然、
作家が主人でなければならない。文壇デビューの制度や原稿
依頼の制度や文学賞も全部放り出して、ドアをぱーっと開け
放たなくてはならない。大衆の上に君臨する代わりに、大衆
と通い合うのでなくてはならない。すべてを市場に委ねるべ
きだ。そして評価は当然、読者の役割であるべきだ。

ヨンジュン　すべてを市場に委ねたら文学の質的低下を憂慮
する声も出てきそうだ。

チョン　誰かが文学の質的低下を憂慮すると言ったら、保証
するけど、そいつは間違いなく悪者だよ。徒党を組んで組織
を作り、権力者として君臨しようとする奴に間違いない。

ヨンジュン　でも、気になるんですが、あなたの言うマフィ
アとか先生たちとは、具体的に誰を指しているのか？

チョン　誰か、このインタビューを読んで気まずい思いをす
る人がいるなら、その人はまさにマフィアの一員か、ファミ
リーとコネクションを持っている作家だろう（笑）。

ヨンジュン　今日、あなたが話したことを全部書いてもいい
か？

チョン　もちろん。書くために話したんだから。だが、こん

なことを言ったって無駄だということはよくわかってる。結局何も変わらないだろうし、先生たちは無病息災だろうし、僕はせいぜいまた敵を大勢作ったということだな。チッ。

　小説を書くことはボクシングのようなものだと言ったヘミングウェイに倣って言うなら、チョン・ミョングァンにとっての小説書きとは格闘だ。彼はボクシングもやるし、キックボクシングもやるし、必要ならレスリングもやる総合格闘技の選手だ。速くて柔軟で強い選手だ。相手は彼がどんな技を使うか知らない。最初から最後までスタンディング状態でまっすぐ立ち、巧みなステップと早く正確なパンチで点数を積み上げ、あるゲームではまさに体を低くして相手の下半身にタックルをかけ、リングにはいつくばって組み合ったりもする。彼は熟練したテクニシャンであり、負け知らずのファイターだ。彼にはいつも使う主要な武器はないが、小説書きが始まり、あれこれラウンドを経て最終ラウンドが終わればどっちにしろ勝ってしまう。チョン・ミョングァンが書いた小説？　それなら面白いだろう。毎回違うものを書くが、勝利の積み重ねのおかげで、よほどのことがない限り絶対に負けそうにない。勝利の積み重ねとは、彼が自ら作り出した作家本人への信頼だ。

2015年4月20日
扶安郡のコムソ港で
（『Axt』2015年7・8月号掲載）

チョン・ミョングァン（千明官）

1964年、京畿道龍仁生まれ。2003年、文学トンネ新人賞に「フランクと私」が当選して作家活動を開始。文学トンネ小説賞、具常文学賞、若い作家賞を受賞。長編小説に『鯨』（斎藤真理子訳、晶文社）『高齢化家族』『僕のおじさんブルース・リー』（1・2）、『これが男の世界だ』、短編集に『愉快な下女マリサ』『七面鳥と走る肉体労働者』がある。

インタビュアー　チョン・ヨンジュン（鄭容俊）

88頁参照。

翻訳　斎藤真理子（さいとう・まりこ）

翻訳者。訳書に、チョ・セヒ『こびとが打ち上げた小さなボール』（河出書房新社）、チョン・ミョングァン『鯨』（晶文社）、チョン・セラン『フィフティ・ピープル』（亜紀書房）、などがある。パク・ミンギュ『カステラ』（ヒョン・ジェフンとの共訳、クレイン）で第1回日本翻訳大賞を受賞。

「クオン インタビューシリーズ」は、
さまざまな芸術の表現者とその作品について、
広く深く聞き出した密度の高い対話録です。

クオン　インタビューシリーズ 02
韓国の小説家たちⅡ

第一刷発行　　2021年1月25日

著者　　　　　　キム・グミ、チョン・ユジョン、
　　　　　　　　コン・ジヨン、ウン・ヒギョン、
　　　　　　　　チョン・ミョングァン、チョン・ヨンジュン
　　　　　　　　ペク・カフム
写真　　　　　　ペク・タフム
翻訳　　　　　　すんみ、カン・バンファ、
　　　　　　　　蓮池薫、呉永雅、斎藤真理子
編集　　　　　　清水知佐子
ブックデザイン　大倉真一郎
DTP　　　　　　安藤紫野
印刷・製本　　　大盛印刷株式会社
発行人　　　　　永田金司　金承福
発行所　　　　　株式会社クオン
　　　　　　　　〒101-0051
　　　　　　　　東京都千代田区神田神保町 1-7-3
　　　　　　　　三光堂ビル 3 階
　　　　　　　　電話　03-5244-5426
　　　　　　　　FAX　03-5244-5428
　　　　　　　　URL　http://www.cuon.jp/

....

『Axt（アクスト）』は、2015 年 7 月に創刊された韓
国の文芸誌（隔月刊行）で、写真をたっぷり使った
ビジュアル誌のような構成で注目を集めています。
メインの特集は、いま話題の小説家へのロングイン
タビューで、小説家が小説家にインタビューすると
いうコンセプトで企画されています。

....